JOHANNES ALBENDORF

UND IN UNS DER HIMMEL

JOHANNES ALBENDORF

UND IN UNS DER HIMMEL

ROMAN

IMPRESSUM

Bibliografische Information durch die Deutsche Nationalbibliothek: Die Deutsche Nationalbibliothek verzeichnet diese Publikation in der Deutschen Nationalbibliografie; detaillierte bibliografische Daten sind im Internet über http://www.d-nb.de abrufbar.

Print-ISBN: 978-3-96752-077-4
E-Book-ISBN: 978-3-96752-575-5

Umschlaggestaltung und Buchsatz: Grit Richter, XOXO Verlag
unter Verwendung eines Bildes von Dope Squad on Unsplash

Hergestellt in Bremen, Germany (EU)

XOXO Verlag
ein IMPRINT der EISERMANN MEDIA GMBH
Gröpelinger Heerstr. 149, 28237 Bremen

Überarbeitete Neuauflage
Alle Personen und Namen in diesem Buch sind frei erfunden. Ähnlichkeiten mit lebenden Personen sind zufällig und nicht beabsichtigt.

»It's so deep I don't think that I can speak about it«

Kate Bush

Für den Heiligen Sankt Martin

1.

Als Priester zu einer Trauung zu fahren ist an und für sich auch in der heutigen Zeit nichts Ungewöhnliches. Die alltäglich hohen Scheidungsraten wären ohne vorherige Eheschließungen schlussendlich nicht möglich – und erstaunlich viele Menschen träumen immer noch davon, sich in einer Kirche und in weiß und mit einem auf der Orgelempore mehr oder weniger tontreffend gejuchzten »Ave Maria« das Ja-Wort zu geben.

Ungewöhnlicher ist es allerdings, wenn man als Priester für diese Hochzeit einige hundert Kilometer zu reisen hat und noch ungewöhnlicher ist es, wenn man zu einer schwulen Trauung fährt. Um keine euphorischen oder abendlanduntergängerischen Missverständnisse aufkommen zu lassen: Ich reise privat. Ich bin nicht als Zelebrant angefragt, wie auch? Meine Mutter Kirche äußerst sich zu derlei Unterfangen immer noch ablehnend, auch wenn zuweilen mildere und humanere Töne in den Äußerungen von einigen einsichtigen Bischöfen und Kardinälen anklingen.

Nun gut.

Ich reise eh inkognito.

Niemand weiß, wohin die Reise geht, ich wohl auch nicht.

Ich werfe einen Blick auf die große, von schmutzigen Tauben verzierte Uhr an der Bahnhofsfassade. Natürlich bin ich viel zu früh aufgebrochen.

Ich kaufe mir in der Buchhandlung einen Thriller und weiß, ich werde ihn nie lesen. Ich kaufe Brötchen und Kaffee und weiß, ich werde vor Aufregung nichts essen und trinken können.

Denn ich fahre zu dir.

Der Zug ist überfüllt und die Klimaanlage pumpt eisige Luft in die Waggons. Surrend und zuckend rasen wir über die Schienen, laut geführte Handygespräche und nervenzersägender Lärm aus Ohrenstöpseln irritieren mich.

Ich bin als Priester nicht zu erkennen. Oder doch? Ich hätte es sein sollen, doch habe ich den Kragen nicht angelegt, das Silberkreuz nicht angesteckt, es wäre gar zu heikel.

In blühender Frische fliegt die Sommerlandschaft vorbei, so schön und flüchtig, dass es weh tut.

Wir fahren in ein Unwetter hinein und warmer Regen donnert herab, er zaubert irre Tröpfchen- und Schlierenmuster an die Scheiben.

Ich trinke nun doch einen Schluck des pappigen Kaffees, der längst kalt geworden ist.

Die Wolken schweigen über der Weite, als sei ihr Werk noch nicht vollendet und weißer Dampf steigt von der Erde auf.

Müsste ich nicht ein Gefühl von Freiheit verspüren?

Ich kann nicht stillsitzen. Ich blättere im Fahrplan und stoße auf den Namen Burggraf. Natürlich. Ich muss lachen, traurig lachen. Dort haben wir uns kennengelernt. Im Priesterseminar. Klassischer geht es nicht. Schwieriger auch nicht.

Und nun, nach all den Jahren, wieder ein Lebenszeichen von dir, ein Brief: An einem gewöhnlichen Morgen die Post sortieren und auf einmal deine Handschrift lesen; sie hat sich meiner Seele eingebrannt wie alles, was mit dir zu tun hat ... meinen Namen also in deiner Schrift. Sofort sah ich dich vor mir, wie du meinen Namen geschrieben hast – und musste lächeln, trotz all meiner Aufregung, in mir hat es seitdem zu zittern begonnen, und es will sich nicht beruhigen.

Ich habe an dem Umschlag gerochen, aber da war nichts, nur Papier, natürlich.

Mein Lächeln verschwand, als ich die Karte aus dem Umschlag zog. Es war die Einladung zu einer Partnerschaftssegnung in Köln.

Zu deiner Partnerschaftssegnung.

II.

Nie werde ich das Gefühl vergessen, das mich jedesmal beim Betreten des Burggrafer Domhügels durchfuhr. Vor allem an jenem ersten Tag vor vielen Jahren, als ich zum Seminar reiste - weder ein schwerer Rucksack noch zwei wuchtige Koffer konnten meine Vorfreude trüben, denn es war, als würde ich in die Dimensionen einer ganz anderen, einer geistigen Welt eintauchen, einer Welt, in der die Uhren langsamer zu ticken schienen und die Zeit nicht in Minuten und Stunden, sondern in Jahrzehnten und Jahrhunderten gemessen wurde.

Zunächst führte mein Weg durch den von hohen Häusern beengten Dominikanergang mit seinen scharfen Kurven und dem glitschigen Kopfsteinpflaster, doch nach der letzten Biegung tat sich ein riesiges Plateau auf: Unvermittelt stand ich vor dem mächtigen und zugleich verspielt wirkenden Burggrafer Dom mit seinen prächtigen Mittelschiffen und dem gotischen Paradies, alles bewacht von einem barocken Türmchen über der Vierung. Paradiesisch auch die dort vorherrschende Stille; der Lärm der Stadt war nur mehr eine Ahnung, vom melancholischen Gesang einer

Amsel verweht. Üppig bepflanzte Blumenkübel verströmten einen geradezu verstörend sinnlichen Duft.

Ich ging um die gewaltige Westfassade des Doms herum und da lag es, mein Ziel, das erzbischöfliche Priesterseminar mit der benachbarten katholischen Fakultät.

Mein ganzes Leben schien mit einer meist fließenden Selbstverständlichkeit auf diesen Moment hin gelebt worden zu sein, denn ich war in Gott verliebt, anders kann ich es nicht formulieren – und ich bin es heute noch, trotz allem.

Oder gerade deswegen.

Erfüllt von Vorfreude und gleichzeitig vom Frieden des Ankommenden durchströmt, schleppte ich mein Gepäck durch das blutrot gestrichene Eingangstor des Seminars, welches von einem reich geschmückten Wappen gekrönt war.

In der großen Eingangshalle war die Pförtnerloge unbesetzt und es war kühl. Sofort tat sich eine Tür am hinteren Ende des langen Ganges auf und der Herr Regens trat heraus und begann, wie ein Rollschuhläufer auf mich zuzuschweben.

Einigermaßen erstaunt stellte ich meine Koffer ab. Als Leiter des Priesterseminars ist der Regens eine überaus würdevolle Respektperson, er hat die Oberaufsicht sowohl über die wirtschaftlichen Belange des Seminars als auch für die Beurteilung der Weihekandidaten.

Zudem war Anton Kotulla damals ein Mann in den späten Fünfzigern. Eher von schmaler Statur rollschuhte er also leicht vornübergebeugt auf mich zu, mit den ruckartigen Bewegungen einer Elster, die sich in einer für sie völlig fremden Umgebung verirrt hat und sich nun mit verkrampfter Gesamtmotorik und skeptischen Blicken zurechtzufinden sucht. Sein weißer Haarkranz war von gelblichen Flecken durchzogen und sein Brillengestell war zu filigran für eine grobporige Nase, die aussah, als hätte Hochwürden des öfteren mal eine verpasst bekommen.

Seine rechte Gesichtshälfte verzog sich in Richtung Stirn, was sich mit einigem guten Willen als Willkommenslächeln interpretieren ließ. Ich reichte ihm meine Hand und er wich unmerklich zurück, umfasste sie flüchtig mit geübtem Händedruck.

»Ah, unser letzter Neuzugang! Kommen Sie, ich werde Ihnen ihr Zimmer zeigen. Dort können Sie sich ein bisschen frisch machen, nicht wahr! Um viertel nach sechs findet in der Seminarkirche die Vesper statt und danach treffen wir uns im Refektorium zum Essen. Kommen Sie, kommen Sie!«

Ich wollte ihm folgen – und wäre beinahe ausgerutscht. Endlich verstand ich seine Art der Fortbewegung. Also passte ich mich an und rollschuhte in rhythmischer Eintracht hinter ihm her – bis wir zu einer ausladenden und gerundeten Treppe gelangten und abrupt bremsen mussten. Die Treppe führte zu den Zimmern der Priesteramtskandidaten im zweiten Stock.

»So, da wären wir schon.« Schwungvoll öffnete Kotulla dort oben die hinterste Tür auf der rechten Seite des von der Treppe wegführenden Gangs und breitete seine Arme aus.

»Ich bin gleichsam wie Jesus, der Ihnen die Pforten zum Paradiese öffnet, nicht wahr?!«

Pflichtschuldigst schmunzelte ich über diesen, wie ich fand, überaus anmaßenden Vergleich.

»Das also wird Ihr Zimmer sein. Unsere Stille kann man als klausurmäßig und streng bezeichnen und das ist gut so, denn die Stille ist das Tor zum Himmel.«

Das war mir klar und ich nickte.

»… und das gilt für einen noch unerleuchteten Priesteramtskandidaten natürlich in besonderem Maße!«

Kurz nickte er mir zu und verschloss die Tür – von außen.

Nach einer verdutzten Minute stellte ich mein Gepäck ab und trat als erstes an die große Fensterfront. Alle Zimmer des obersten Stockwerks waren durch einen langen, durchgehenden Balkon miteinander verbunden. Ich trat auf denselbigen und atmete tief durch. Vor meinen Augen tat sich ein fast mediterran flirrender Innenhof auf. Sein plätschernder Brunnen fing die Strahlen der Sonne auf und ein uralter Kastanienbaum flutete beruhigendes

Grün bis in die obersten Stockwerke. Ein Rabe saß auf der Balkonrüstung und beobachtete mich mit schräg gelegtem Kopf.

Ich verscheuchte den Vogel und ging wieder hinein, ließ den Sommerwind mein neues Zuhause erkunden: den großen, knarzenden Schrank und das schmale Bett, die Bücherborde und den Schreibtisch, auf dem sich ein Lilienstrauß als Willkommensgruß fand. Über dem Bett hing ein Gemälde des Erzengels Michael und beherrschte den Raum.

Ich entkleidete mich und schlüpfte unter die Dusche im kleinen Badezimmer. Das Wasser rauschte und auf einmal spürte ich jedes Wassermolekül ebenbürtig in mir tosen, wie ein Echo oder vielmehr, als hätte es einen Zwilling oder Spiegel in mir. Ich schüttelte meinen Kopf mit den nassen, blonden Haaren, übersprühte das ganze Bad mit tausenden von Tropfen und als sie die Fliesen und das Spiegelglas herabzufließen begannen, sahen sie aus wie Freudentränen. Ich betrachtete mich im Spiegel und sah einen athletischen, jungen Mann, der studieren würde, viel Sport trieb - und irgendwann heiraten, eine Familie gründen und seine blauen Augen und sein blondes Haar weitervererben würde - so würde jedermann und jederfrau denken oder hoffen – Irrtum! Jahrelanges Schwimmen und Laufen hatten zwar meinen Körper geformt und ich fühlte mich wohl in ihm - dennoch suchte er keine menschliche Ergänzung und ich litt nicht darunter, hatte es selten auch nur bedauert.

Ich rubbelte mich trocken und begann auszupacken, schob als erstes meine Bücher in die Regale, geordnet nach Sachgebieten und persönlicher Vorliebe – Theologie, Spiritualität, Philosophie und Psychologie, Kunst- und Kirchengeschichte, einiges Belletristisches.

Wäsche und Kleidung kamen in den Schrank, die Waschutensilien in das immer noch von Tropfen übersprühte Bad und die leeren Koffer unters Bett. Dann zog ich mich an – und wartete.

Es war so still. Man könnte meinen, allein im Haus zu sein. Um sechs Uhr ging ich in die Seminarkirche.

III.

Jahre später hält mein Zug wieder in Burggraf. Ich starre aus dem Fenster. Du bist längst nicht mehr dort, aber ich reise dennoch zu Dir. Wir haben in dieser Stadt unsere Spuren hinterlassen, auch wenn außer uns niemand mehr darum wissen kann.

Warum aber schickst du mir diese Einladung, nachdem ich jahrelang nichts von dir gehört habe? Zugegeben, es war meine Schuld, dass wir keinen Kontakt mehr miteinander hatten. Aber dennoch: Willst du mich an deiner Freude teilhaben lassen? Oder mir zeigen, was ich verpasst habe? Das ist unnötig, ich weiß es selber.

Und ich weiß, dass du es weißt. Also hast du es wohl einfach gut gemeint.

Hast du?

Durch das Zugfenster sehe ich in der Ferne die Türme des Doms wieder und weiß neben ihnen das Seminar.

Ich sehe mich wieder in der Seminarkirche sitzen, damals, an meinem ersten Abend als Student, in dieser Kirche, in der das Licht tanzte – ohne dass elektrische Lampen eingeschaltet werden mussten. Die beiden Fensterfronten, die eine in bläulichen Tönen gehalten (»die Nacht«), die andere in Rot (»der Tag«), bündelten ihre Strahlen zu einer zartvioletten Flamme in der Mitte des Raumes.

Ich staunte und nahm kaum wahr, wie sich die Kirche auf geschäftige Weise zu füllen begonnen hatte, so mystisch dieses Leuchten. Das Herz des Beters verging in diesem Licht, alle Wünsche und Anliegen wurden von ihm eingesogen und verwandelt.

Gegenüber von mir nahmen zwei Studenten Platz, offensichtlich gehörten auch sie zu den Neuen, so sehr staunten sie angesichts des Lichts. Der links Knieende vertiefte sich sofort ins Gebet. Seine Haare flossen bis zu seinen Schultern und unterstrichen jede seiner Kopfbewegungen. Er trug einen peinlich genau gestutzten Kinnbart und seine grünen Augen waren von einem melancholischen Glanz durchzogen. Jede Gefühlsregung seines Gebets fand im Mienenspiel seines schön geschnittenen Gesichts einen Widerhall.

Der aschblonde, streng gescheitelte Nachbar rechts von ihm hatte zwar pflichtschuldigst seine teigigen Hände gefaltet, aber seine hellgrauen und wimperlosen Augen huschten unruhig hin und her und saugten alles begierig in sich auf. Auf seine gedrungene und überaus rundliche Gestalt war ein Gesicht gepropft, in der die bleiche Haut im starken Kontrast zu seinen tomatenroten Bäckchen und der ebenfalls geröteten Nase stand.

Als der Langhaarige sein Gebet beendet hatte, wurde er sogleich in ein laut geflüstertes Gespräch gezogen. Die ersten Fragen schien er noch mit höflicher Freundlichkeit zu beantworten, doch alsbald zog er seine Stirn unwillig zusammen und schwieg. Was sein Nachbar nicht gelten lassen wollte, er riss seinen Mund mit den spitzen, kleinen Zähnchen weit auf und wollte ihn durch dezente Ellenbogenstöße in die Seite zum Mitkichern animieren.

Es läutete und die Vesper begann.

Die Vesper wurde mit einer Zeit der Stille beendet. Mein Magen unterbrach wiederum die Stille mit einem vernehmlichen Knurren und um mich herum lachten alle. Also ging es zum Refektorium, dem Speisesaal mit wuchtigem Stuck an der Decke und Flügeltüren, deren hoch angebrachte Klinken mir das Gefühl gaben, wieder ein kleines Kind zu sein.

Die gesamte Belegschaft des Seminars begann sich um das Buffet zu gruppieren. Sogleich verstummte alles Scharren und Tuscheln und ein erwartungsvolles und hungriges Schweigen legte sich über die Schar.

Anton Kotulla trat vor: »Meine lieben Brüder und Schwestern, ich will nicht lange reden!«

Ein Seminarist neben mir verdrehte wissend die Augen und ein anderer schien sich daran zu machen, mit seiner altmodischen Taschenuhr die Zeit stoppen zu wollen. Verstohlen sah ich mich nach den genannten »Schwestern« um und entdeckte vier fröhliche

Nonnen des Carl Borromäus-Orden; offenkundig kümmerten sie sich um die Belange des Seminars.

»Da steht ihr hier, fromm wie die Erstkommunionkinder ...«

Ich war überrascht über diese allzu gemütvoll erscheinende Wortwahl und ließ meine Blicke über all die Leckereien wandern, entdeckte Salate, Antipasti, warme Speisen und Desserts.

Nach einer mit allerlei Ermahnungen und Wehklagen gespickten halbstündigen Rede wurde ein Glas Sekt kredenzt, welches mir sofort zu Kopf stieg. Endlich eröffnete Kotulla das Buffet und ich setzte mich mit einem vollbeladenen Teller an einen der langen Tische. Zu spät bemerkte ich den kugeligen Mitbruder in spe, er reichte mir, ohne sein geräuschvolles Kauen zu unterbrechen, seine Hand: »Salve, mein Name ist Alexander. Alexander Milz.«

Unter dem Tisch wischte ich unauffällig meine Hand ab.

Er plapperte und kaute weiter: »Na, wenn das Essen immer so ist, lässt es sich hier ja aushalten. Eigentlich wollte ich in Rom studieren. Aber hier gibt es ja auch Frutti di Mare!«

Ich lachte gezwungen (ich hasse Smalltalk), wodurch Alexanders Enthusiasmus jedoch zu meinem Erstaunen unverhältnismäßig befeuert wurde:

»Haha, kennst du den? Was ist eine Predigt?«

Ich zuckte mit den Schultern. Inzwischen hatte sich auch der Langhaarige zu uns gesetzt.

»Ein Schlafmittel für müde Christen!«, prustete Alexander und lachte mit weit aufgerissenem Mund und nickenden Kopfbewegungen. Kneternd erklang hierbei ein nicht näher definierbares Geräusch aus den Tiefen seiner Kehle.

»Entschuldigung, Schwester!«, rief er gleich darauf einer der warmherzigen Nonnen zu. »Gehen Sie doch bitte zur Seite, ich sehe das Fenster nicht ... sonst haben wir eine partielle Nonnenfinsternis!«

»Du willst nach Rom?«, versuchte der Langhaarige ihn zu bremsen.

»Ja, natürlich. Ich trage sogar schon Socken von Gammarelli!«, erklärte Alexander. »Hier« - und erstaunlich behände beugte er sich vor, lupfte seine braune Cordhose und präsentierte stolz die Socken mit dem edlen Schriftzug.

»Wow!«, kam es vom Langhaarigen mit starrer und unbewegter Miene, nur ein kurzes Aufblitzen seiner grünen Augen verriet ihn und er stach seine Gabel in ein Stück Weißwurst. Dann wandte er sich an mich :

»Hallo, ich heiße Jeremias!«

»Und ich Jonas!«

»Lauter Propheten!«, kommentierte Alexander und unterdrückte erfolglos einen Rülpser.

»Und du bist nach dem Borgia-Papst benannt?«

Beinahe hätte er sich verschluckt. Ich widerstand der Versuchung, ihn mit aufgerissenem Mund und nickendem Kopf zum Mitlachen zu animieren. Jeremias erging es ebenso.

Irgendwann wusste ich nicht mehr, mit wem ich über was gesprochen hatte. Es waren zuviele Eindrücke und in meinem Kopf begannen sich die Gesichter und die eventuell dazugehörenden Namen und Geschichten zu verdrehen.

In der Nacht trat ich noch einmal auf meinen Balkon. Das Licht des Vollmonds umhüllte kühl die Kastanie im Hof, schien die alten Dächer und Mauern zu fragen, ob sein Streicheln genehm sei.

IV.

Und so startete meine klerikale Laufbahn. Je mehr ich im ersten Jahr auf dem Seminar lernte, desto intensiver wurde mir klar, was es noch alles zu erforschen gab. Immer weitere Felder taten sich auf, überall. Es war eine Zeit des Erkundens, nicht nur im »Äußeren«, im Studium, sondern auch im »Inneren«, in mir. Ich wollte mich Gott schenken, diese Gewissheit wuchs kontinuierlich mit jedem Tag. Ich hatte keine Zweifel, nur den, ob ich es schaffen, ob ich genügen würde.

Der Tagesablauf war streng strukturiert, was beim Studieren unglaublich half. Der Morgen begann mit der Laudes, gefolgt vom Frühstück und den Vorlesungen in der Fakultät. Im Seminar standen uns eine hervorragend sortierte Bibliothek und ein Lesezimmer mit allen wichtigen Wochenmagazinen und Tageszeitungen zur Verfügung.

»Zur körperlichen Ertüchtigung«, wie es Kotulla mit geschürzten Lippen nannte, befand sich ein herrliches Schwimmbad im Keller des Seminars. Ich nutzte es täglich.

Seltsam, aber wenn ich an das erste Jahr zurückdenke, dann kommen mir vor allem die Witze von Alexander in den Sinn, und ich muss noch heute, im Zug zu Dir, die Augen verdrehen:

»Was ist eine Pastorale?«, so fragte er etwa beim Essen, den Vorgang des gabelnden Schaufelns nur für den Bruchteil einer Sekunde unterbrechend.

Jedermann schüttelte routiniert den Kopf oder zuckte mit den Schultern.

»Die Frau eines Pastors!«, prustete er, wobei sich zu den bereits vorhandenen Soßenspritzern um seinen Teller herum einzelne Kasseler- oder Sauerkrautpartikel drapierten.

Und so ging es weiter: Ein Prälat? Ein katholischer Dompfaff.

Ein Bischof im vollen Ornat? Eine Prozession auf zwei Beinen.

Gott bewahre mich davor, jemals einen dieser Witze zum besten zu geben, und sei es nur aus Verzweiflung!

Alexander war wie ein Vampir, der kein Blut, sondern Energie und letzte Nerven aus den Menschen saugte, und wie alle anstrengenden Menschen war er auf nicht näher beschreibbare Weise omnipräsent. Egal, wo immer ich war, ob ich im Schwimmbad meine Bahnen zog, in meinem Zimmer lernte oder sogar auf meinen Jogging-Runden – immer wieder tauchte Alexander auf und gab einen neuen Prälatenwitz zum besten, zumindest erscheint es mir im Rückblick so. Wo er diesen Unsinn nur herhatte? Ob er das wirklich lustig fand?

Nur wenn der Erzbischof im Seminar weilte, war ich vor Alexander sicher. Dann scharwenzelte er um die ihm mehr oder weniger ausgelieferte Eminenz herum und schnappte begierig Informationen über alles und jeden auf, denn Wissen, so raunte er mir verschwörerisch zu, Wissen sei Macht.

Einmal - da war er allerdings betrunken und hatte »Am Tag als der Regens kam« gesungen - gab er zu, eine Karriere in der Kurie anzustreben. Als ob ihn seine Gammarelli-Socken nicht längst verraten hätten.

Inzwischen war es Winter geworden.

Besonders befreundete ich mich mit Jeremias. Im Gegensatz zu mir empfand er den Ruf, Priester zu sein, nicht vornehmlich als Erfüllung, sondern als Herausforderung. Oft plagten ihn Zweifel und er fragte sich, ob das, was er hier tat, das war, was Gott von ihm wollte. Was, wenn das Ganze ein gewaltiger Irrtum war?

Einmal, als wir von einem unserer langen Spaziergänge zurückkehrten, waberte ein kaltblauer Himmel über dem Domhügel.

»Hast du eigentlich nie Zweifel?« fragte er mich.

»Ganz selten«, antwortete ich. »Ich wollte immer Priester werden, schon als Kind … wenn man das so sagen kann.«

»Ist nicht dein Ernst!«

»Doch! Ich habe schon als Kind das Segnen geliebt. Die Priester haben mich sehr beeindruckt, wie sie den Segen vom Himmel auf die Erde brachten. Für mich drückten diese schönen und würdevollen Handbewegungen wirklich etwas aus und waren keine Attitüde. Umso größer aber mein Erschrecken, als unser Pfarrer in einer Predigt sagte, ein Mangel an Segen wirke auf den Menschen wie ein Mangel an Sonne und an Liebe, ja sogar an Vitaminen!«

»Das hat er gesagt? Mit den Vitaminen?«

»Ja, das verstand doch jeder – sogar ich als Kind. Denn Vitamine stecken in Orangen und wenn ich die nicht esse, würde ich krank werden, so hatte ich es ja schon im Kindergarten gelernt.«

»Bestechend.«

»Ja, nicht wahr? Außerdem hatte ich gelernt, dass der Segen, quasi wie die Orangen, Gutes tun oder Wunder bewirken soll, für die Menschen und für die ganze Schöpfung. Also musste hier gehandelt werden!«

Wir lachten.

»Hey, es war eine Kinderpredigt! Also, ich bin vollkommen ernsthaft durch die Straßen gezogen und habe alles gesegnet, was mir unter die Augen, beziehungsweise Finger gekommen ist. Nichts und niemand war vor mir sicher, weder Mensch noch Tier.«

»Und was haben die Leute gesagt?«

»Einige waren ganz freundlich, sogar gerührt, aber einige waren auch richtig böse. ‚Scheiß-Katholen', haben sie mir hinterher gerufen. Selbstverständlich ließ ich mich nicht beirren! Und die Alten und die Tiere schienen auf geheimnisvolle Weise zu verstehen.«

Jeremias blieb stehen und zündete sich eine Zigarette an.

»Und der Zölibat?«, fragte er unvermittelt.

Über dieses Thema hatten wir noch nie gesprochen, auch im Seminar wurde es - bis zu diesem Zeitpunkt – überaus selten angeschnitten, allenfalls in dezenten Witzen oder in Worten wie »Mysterium«, »Erhabenheit« und »Geschenk«.

»Ja, du meine Güte«, sagte ich, »in jeder Kultur gibt es Zölibatäre, bei den Urvölkern, bei den Buddhisten … Nur hierzulande wird darum so ein Brimborium gemacht.«

»Das ist sicher richtig. Aber wie gehst du persönlich damit um? Ich meine, der Regens behauptet, sogar Selbstbefriedigung sei sündhaft. Doch, das hat er mir gesagt, ich habe ihn gefragt. Und früher, wenn ‚es' ihn gejuckt hat, hat er immer einen Apfel gegessen oder eine kalte Dusche genommen!«

»Dann müssten sie ja eine Obstplantage im Innenhof anlegen! Scherz beiseite, das ist doch ein etwas vorkonziliares Priesterbild. Mir fehlt einfach nichts. Ich will den Zölibat nicht nur akzeptieren, sondern ihn wirklich wollen.«

»Hast du es schon einmal getan?«

»Logo …«

Es war mir, für mich überraschend, nun doch etwas peinlich, so direkt gefragt zu werden. Einst hatte ich eine Freundin gehabt, wenn auch nur für ein oder zwei Jahre. Wir hatten geknutscht und uns gestreichelt und so weiter und ich hatte alles ganz nett gefunden, es aber nicht wahnsinnig nötig gehabt ... ich weiß nicht, wie ich das anders ausdrücken soll.

Jeremias drückte die Zigarette aus und wir gingen ins Seminar zurück.

»Wir können über alles reden. Aber das weißt du ja«, sagte er.

Ich nickte.

V.

Auch Jeremias würde zu Deiner Segnung kommen. Wir hatten immer noch Kontakt und sahen uns hin und wieder – soweit der Terminplan eines Priesters dies eben zulässt. So wie ich war auch er Priester geworden, geriet aber mit dem Zölibat zuweilen in kleinere Konflikte; sie hatten sich im Laufe der Jahre nicht verringert. Früher hätte ich es nicht für möglich gehalten, aber in den Gemeinden gibt es durchaus Frauen, die es darauf anlegen, einen Priester zu knacken - und sitzt ein Priester erst einmal in seiner Gemeinde fest, ist er diesen Frauen ausgeliefert wie Benedikt XVI. der linksliberalen Presse.

Zum Glück gab es neben dem Regens Kotulla auch andere Lehrer im Seminar. Unser Spiritual hieß Pater Seliger – es hätte keinen treffenderen Namen für ihn geben können. Er war für mich der lebende Beweis dafür, wie der priesterliche Weg zur menschlichen Vervollkommnung führen und wie ein vom Priestertum durchwirktes Leben gelebt werden kann. Aufmerksam und wohlgesonnen behielt er einen jeden von uns im Auge, drängte seine Hilfe aber nicht auf.

Er riet mir, mich nicht zu sehr in den Büchern zu vergraben, nicht zu ehrgeizig zu sein, meine Erfahrungen nicht nur aus dem Gelesenen zu gewinnen, also aus dem, was andere erkannt und aufgeschrieben haben, sondern auch mein eigenes Er-Leben zu beachten. Unsere Religion sei keine Buchreligion, uns gebe der revolutionäre Glaube Zuversicht, dass Gott mit uns Kontakt aufnehmen will und sich nach uns sehnt – aber wir müssten, könnten und dürften ihm auch die Chance geben, uns anzusprechen, denn seine Stimme sei leise, und es sei eine Lebenskunst, ihr in Geist und Herz zu lauschen.

»Wovon man nicht sprechen kann, darüber muss man schweigen« - Ich habe dieses Zitat des Philosophen Wittgenstein oft beherzigt, gerade wenn es um eigene Glaubenserlebnisse ging und geht. Sie sind oft zu groß, um in Worte gefasst zu werden, zu tief, zu erschütternd oder zu leise; die hochentwickelte menschliche Sprache scheint zu profan, das menschliche Vorstellungsvermögen zu eindimensional, um dieser Schönheit einen angemessenen Ausdruck verleihen zu können.

Ich selber fühle mich manchmal unangenehm berührt, wenn gar zu schwärmerisch von spirituellen Einsichten geschwärmt wird. Gott wird so oft als angebliche Begründung für Attentate, Spott, Krieg, Diskriminierung und Unterdrückung missbraucht. Nicht das Gesprochene, sondern die Taten zählen.

Allerdings stehen dem Wittgenstein-Zitat die Worte der Apostel Petrus und Johannes in der Apostelgeschichte entgegen: »Wir können unmöglich schweigen über das, was wir gesehen und gehört haben!«

Es gilt also abzuwägen.

Im Burggrafer Dom liebte ich besonders die Sakramentskapelle. Unbeschadet hatte sie die Bombardierungen im zweiten Weltkrieg überstanden, ihre Kuppel hatte etwas Sphärisches, die Fresken etwas Zauberhaftes: Einst übertüncht waren sie nach all den Jahren wieder freigelegt worden, auf Augenhöhe zwar fast vollkommen verblasst, tönten jedoch zum Scheitelpunkt der Kuppel hin in immer kräftigeren Farben, all die Heiligen und Engel in die Lichtherrlichkeit schauend. Geduldig hatten sie jahrhundertelang unter all der barocken Tünche ausgeharrt.

Sonnenkranzartig umgaben Goldfiligran und Edelsteine die Monstranz, das Allerheiligste und Unbegreiflichste.

Ein sich selbst gebender Gott. Der mein Herz erfüllte, mein ganzes Sein bewegte, der rief, mich rief: Komm! Ja, genau DICH meine ich!

Das ergriff mich zutiefst. Ewig wollte ich in dieser Kapelle bleiben; die Stunden in ihr sind sicherlich zum Fundament meines ganzen Seins geworden. Ich schaute - und wurde angeschaut. Ich war gemeint.

Nun ja, ich kann mir vorstellen, dass sich nun bestimmt einige Herzen vor Peinlichkeit zusammengezogen haben, die eine oder andere Augenbraue hochgezogen wurde, meine Geschichte nun mit spitzen Fingern in den Händen gehalten wird – denn, nun ja, jede Religiosität erscheint heute prinzipiell irgendwie als verdächtig und jede Beschreibung spiritueller Erfahrungen als obskur, aber so ist es eben: Wenn ein Priester seine Erlebnisse erzählt, muss davon die Rede sein!

VI.

In den Semesterferien des ersten Sommers fuhr ich allein nach Hiddensee. Ich sehnte mich nach dem Meer und hielt es im Inneren des Landes nicht mehr aus. Ich lief den Sandstrand entlang, mit den Füßen in den Wellen, wollte zum Horizont am Ende der Insel gelangen.

Dann lag ich nackt in den Dünen und blickte in von Strandhafer umkränzte Himmelsausschnitte. Ich aß nach Sommer duftende, überreife Pfirsiche. Ihr Saft lief mein Kinn herab, über Hals, Schlüsselbein und Brust, tropfte auf die Seiten meines Buches, von dem ich nicht einmal eine halbe Seite gelesen hatte; überall schienen Sand und Wind und Pfirsichsaft zu sein und ich wurde erregt wie noch nie in meinem Leben. Ich vergrub die Kerne im Sand und musste über die Vorstellung lachen, dass eines Tages in den Dünen Pfirsichbäume mit salzigen Früchten sprießen würden.

Dann sprang ich die Dünen herab und rannte windumtost und nackt - mich kennt hier ja keiner, so dachte ich - in die sich brechenden Wellen des Meeres. Die Gischt spritzte auf und ich ließ mich von der Brandung umgarnen. Das Meer und ich. Es fühlte sich so natürlich an, so vertraut, es drückte sich an mich und wollte meine Nähe, zog sich aber sofort wieder zurück, und es perlte an mir und um mich herum und durch mich hindurch, es erfrischte, trieb, heilte, erhob und überspülte mich und ich überließ mich seinem Tun; seine Wellen machten mich süchtig nach ihrer Berührung und nach ihrer Nähe, ich kam im Meer.

Gereinigt und gesalzen tauchte ich aus dem Wasser auf, schwebte ans Ufer wie ein Phönix aus der Asche – und stand unversehens vor Herrn Gundlach, dem milchigen Vorsitzenden des Kirchenvorstands aus meinem Heimatort, und seiner immer leicht vertrocknet dreinschauenden Ehegattin. Beide in identische Windjacken gehüllt und mit je einem Regenschirm bewaffnet.

Es folgte ein äußerst gezwungenes Gespräch, in welcher Ortschaft man denn wohnen würde – gefolgt von gepressten Ausrufen in »Oh« und »Ah« für die Natur und die Aussicht (womit in beiden Fällen bestimmt nicht ich gemeint war) und – endlich – einem erlösenden »Na, dann noch gute Erholung für Sie.«

Ich ging zurück in die Dünen, zog mir Turnschuhe und Shorts an und lief am Meer entlang bis die Sonne unterging. Ich lief gegen den Wind und spürte keine Erschöpfung – bis ich mich umdrehte. Da fühlte ich mich getragen. Und ausgelaugt.

VII.

Funktioniert habe ich an dem Tag, an dem ich deinen Brief bekam. Ich hatte ihn in die Innentasche meines Jacketts gesteckt, ich wollte dich an meinem Herzen wissen, ich trug dich wie ein Schild mit mir herum.

Regen prasselte auf die Blätter der alten Bäume im Pfarrgarten und nasse Klammheit hatte sich auf die steilen Straßen rund um das Pfarrhaus gelegt. Die Erde schien sich mit feuchtem Dampf verhüllen zu wollen, nur noch transpirieren zu können.

Ich unterrichtete an der Grundschule, verbrannte mir den Mund an heißem Kaffee und musste im Klassenzimmer die grellen Neonröhren anschalten. Eine Stunde, zwei Stunden, an die Themen kann ich mich nicht mehr erinnern, die Kinder höchstwahrscheinlich auch nicht. In der dritten Stunde konnte ich mich nicht mehr konzentrieren und ließ einen Test schreiben. Früher habe ich meine Lehrer für so etwas gehasst.

Und immer dein Brief bei mir, an mir. Es machte mich wuschig, ihn zu spüren, sogar euphorisch - irgendwann hatte ich das irrige Gefühl, zu unserer Segnung zu fahren, zu deiner und meiner, ich wusste, ich verlor den Boden unter den Füßen, musste mich zur Vernunft rufen: Ich – bin - nur - als - Gast – eingeladen! Und das hatte etwas Sadistisches, was ich aber nicht wahrhaben wollte, was ich nicht ertragen konnte, denn ich würde mir das anschauen, was ich selbst versäumt hatte. Ich wusste genau, ich hatte etwas anderes, wunderbares gewählt und bekommen – und dennoch ...

Wenn man vor einer Weggabelung steht und die Kluft betrachtet, die sich vor einem aufgetan hat, zwei miteinander unvereinbare Lebensentwürfe, die man jedoch, aus tiefstem Herzen sehnend, ineinander verschmolzen zu sehen wünscht und sich dann entscheidet, entscheiden muss, entweder gegen das Herz oder gegen den Herrn ... schlussendlich aber gegen beides, weil keine andere Möglichkeiten gelassen werden ...

Immer wieder wird behauptet, wir Priester entschieden uns doch freiwillig für den Zölibat, für diese Art zu leben; schließlich würde niemand gezwungen, Priester zu werden.

Doch wenn man von Gott zum Priesteramt berufen ist, diese Sehnsucht, dieses nie verstummende Rufen im Herzen verspürt und wenn man aus dieser Berufung heraus leben will, zu leben hat – dann kann man nicht anders.

Man *muss* Priester werden.

Und hofft, glaubt, meint, mit dieser von der Kirche auferlegten Aufgabe umgehen und fertig werden zu können. Sie lieben zu lernen, wie es gelehrt und zuweilen auch vorgelebt wird.

Man verstehe mich nicht falsch – ich glaube, der Zölibat kann für viele Menschen eine Erfüllung sein, er ist es de facto auch. Aber eben nicht für alle, und somit auch nicht für alle Priester.

Und dabei hatte der Tag wie jeder andere begonnen, nichts darauf hingedeutet, dass seine Wellen besonders hoch an meine Küsten schlagen würden.

VIII.

Als ich von Hiddensee zurückkehrte, geriet ich bei Hamburg in einen kilometerlangen Stau. Ein Tiertransporter war umgefallen und tausende von halb-, schein- oder gänzlich toten Hühnern lagen oder dämmerten auf der Autobahn vor sich hin. Flattern konnten die meisten von ihnen längst nicht mehr.

Ich würde es nicht rechtzeitig zur Vesper und zum Aperitif schaffen und rief im Seminar an. Jeremias versprach, auf mich zu warten und mir die Tür zu öffnen.

Es war schon nach Mitternacht, als ich endlich ankam. Jeremias schloss die Tür auf und umarmte mich herzlich. Er nahm mir, jeglichen Widerspruch ignorierend, einen Großteil des Gepäcks ab und öffnete mit breitem Grinsen die Tür zu meinem Zimmer. Er hatte einen kleinen, dreigängigen Imbiss auf dem Schreibtisch aufgebaut. Zum Glück gab es kein Huhn.

Wir entkorkten eine Flasche Grauburgunder und redeten über unsere Erlebnisse während der Ferien.

Mit zwölf neuen Anwärtern sei das Seminar nun ziemlich voll, aber Kotulla hätte in seiner Ansprache wieder düstere Zukunftsperspektiven an die barocken Wände geworfen.

‚Bist du wie Petrus?', hätte er wieder und wieder donnernd und mit ausgestrecktem Zeigefinger gefragt, auf den Verrat des Apostels anspielend, auf nahezu jeden Menschen im Raum deutend.

»Er gehört halt zu einer anderen Generation«, meinte ich.

»Sie sind damals wahrhaftig durch eine harte Schule gegangen«, stimmte Jeremias zu, »aber er sollte doch auch etwas Freude darüber zeigen, dass zwölf Neue hier anfangen!«

»Es gehört beides dazu, wie immer. Nichts ist ausschließlich«, sagte ich.

»Vielleicht … wahrscheinlich«, antwortete Jeremias.

Jeremias konnte sich nicht verbiegen. Das wusste jeder – und jeder akzeptierte es, sogar Kotulla. Die Wahrhaftigkeit seines Schülers schien ihn zu beeindrucken.

Und dann geschah es, am nächsten Morgen sah ich dich zum ersten Mal. In der Kirche musst du hinter mir gesessen haben, denn du warst mir nicht aufgefallen. Immer wenn ich darüber nachdenke, bin ich überrascht, wie ein einziger Moment imstande ist, ein ganzes Leben zu verändern – und wie wenig man sich dessen in eben diesem Moment bewusst sein kann.

Es geschah auf dem Weg ins Refektorium. Alexander hatte sich an meine Seite gedrängt und schwatzte laut von seinen Ferienerlebnissen in Rom. Vor uns gingen drei oder vier der neuen Studenten, du in ihrer Mitte. Auf einmal drehtest du dich um, blicktest zuerst auf Alexander und dann wanderte dein Blick zu mir. Nur ganz kurz schautest du, ein vielleicht irritiertes Aufblitzen oder Innehalten, dann konzentriertest du dich wieder auf das Gespräch mit deinen Kameraden. Ich hatte zum ersten Mal in deine klaren, braunen Augen gesehen – und fühlte mich mit einem Male so lebendig wie im Meer am Strand von Hiddensee.

Das Frühstück begann und ich sah dich am Tisch der Neuzugänge sitzen. Ich beteiligte mich nicht an den Gesprächen über die Ferien, das kommende Semester, die Erkundung der neuen Fächer und die Vertiefung der alten.

Ich holte meine Bücher und ging zur Philosophievorlesung in die Fakultät hinüber.

Beim Mittagessen saß ich so, dass ich dich nicht sehen konnte. Das würde mir nicht noch einmal passieren!

Am Nachmittag versuchte ich mich aufs Lernen zu konzentrieren.

Am Abend geschah nichts Außergewöhnliches, nicht beim Essen, nicht während der Heiligen Messe, nicht bei einem Spaziergang durch die ins sanfte Abendlicht getauchte Stadt. Im Bett las ich noch in einem Erzählband, war es Thomas Mann, war es Thomas Bernhard?, dann knipste ich das Licht aus und schlief ein und konnte mich am nächsten Morgen nicht an meine Träume erinnern.

Es war, als sei gar nichts geschehen.

Am nächsten Tag aber liefst du im Gang an mir vorüber, offensichtlich wolltest du zum Joggen. Du hattest einen MP3-Player dabei, entferntest den Stöpsel aus deinem linken Ohr, um mich zu grüßen und ich erkannte die Musik, es war Fleetwood Macs »Go your own Way« und ich beeindruckte dich, als ich sagte, es handele sich um die Live-Version von 1979 (mein Bruder hatte sie oft gehört, bis zum Erbrechen, ich erkannte das ekstatische Gitarrensolo).

Da – erst da! - bemerkte ich, wie schön dein Gesicht geschnitten war: Die schwarzen Brauen, die sich leicht ironisch über deine leuchtend braunen Augen wölbten. Und der Mund, dessen Oberlippe leicht vorsprang und sich entspannt und voll geschwungen auf die untere schmiegte; deine Wangenknochen, männlich, aber edel moduliert, und deine vollen, schwarzen Haare, die feine, intelligente Stirn.

Ich schaute.

Zu intensiv - es konnte kein richtiges Gespräch fließen. Ich wusste nicht, was ich sagen sollte, nicht einmal meinen Namen konnte ich nennen. Wahrscheinlich habe ich doch etwas gesagt, aber schon während ich es sagte, hatte ich es vergessen.

Du hoffentlich auch.

»Ich bin übrigens Christian«, sagtest du.

Den ganzen Tag über ging mir das Lied nicht mehr aus dem Kopf – und vorher hatte ich es nicht einmal besonders gemocht.

IX.

Am Abend dann, es war nach 21 Uhr, begannen die hebräischen Buchstaben vor meinen Augen zu tanzen. Ich klopfte bei Jeremias und fragte ihn, ob wir noch eine Runde durch die Altstadt drehen wollten? Natürlich entging Alexanders inquisitorischem Spürsinn unser Gespräch auf dem Gang nicht und kaum hatte ich mein Zimmer verlassen, da fragte er scheinheilig, bereits gestiefelt und gespornt aus seiner Türe lugend, ob wir nicht zufälligerweise auch das Verlangen nach ein wenig frischer Luft verspürten?!

Leichter Nieselregen bestäubte die Stadt und dennoch waren die Sommerdüfte noch nicht verflogen. Mit hochgezogenen Schultern liefen wir durch die mittelalterlichen Gassen und kehrten, nicht weit vom Domhügel entfernt, ins Café Rio ein. Bambus an den Wänden, getrocknetes Schilf an der Decke, große geschnitzte Indianerstatuen zwischen den Palmen im ganzen Café.

Wir setzten uns an einen der alten Holztische. Jeremias bestellte ein Weizenbier, Alexander einen Rotwein »mit fruchtigem Abgang« und ich Bitter Lemon. Wir sprachen über die neuesten Ereignisse in der Kirche und über die Bistumspolitik, klammerten aber persönliche und theologische Themen aus – wie immer, wenn Alexander mit von der Partie war.

Die Tür des Cafés flog auf und du kamst herein, begleitet von einem Studenten aus deinem Jahrgang. Ich erkannte dich schon aus dem Augenwinkel heraus an deiner gelb-roten Windjacke. Du grüßtest uns und ihr setztet euch an den einzig frei gebliebenen Tisch, nur durch eine kleine, niedrige Wand aus Bambus von dem unsrigen getrennt.

Unter dem Tisch versuchte ich, Alexanders Knie auszuweichen, es schien bereits überall dort zu sein, wohin ich meine Beine platzieren wollte. Auf einmal hörte ich deine Stimme dicht an meinem Ohr, so warm und humorvoll und dabei gleichzeitig leicht ironisch und schön klingend, ich wollte darin ertrinken. Dabei fragtest du lediglich nach der Getränkekarte auf unserem Tisch.

Übereifrig wollte ich sie dir reichen und stieß dabei mein Glas um, aufzischend spritzte Bitter Lemon über den Tisch und auf Alexanders Oberschenkel. Verlegen reichte ich dir die nun triefende Karte und du lachtest, etwas unsicher, glaube ich.

Der Kellner wischte den Tisch ab, brachte dir ein Becks und mir eine neue Bitter Lemon.

»Christian, das brauchst du nicht«, hörte ich mich sagen, zum ersten Mal sprach ich deinen Namen aus, und er war mir so vertraut, als hätte ich meinen eigenen gesagt.

Dieses Gefühl kannte ich nicht.

Doch du winktest ab, prostetest mir mit deinem Bier zu. Ich spürte es in meinen höchstwahrscheinlich hochrot angelaufenen Ohren und Wangen kribbeln, Jeremias prostete gelassen mit seinem Hefeweizen in die Runde und Alexander müffelte nach Bitter Lemon.

Während der nächsten Tage und Wochen begann ich, bei den Mahlzeiten nach dir Ausschau zu halten und zu hoffen, in der Kirche neben dir sitzen zu können. Ich bemerkte, dass du es bemerktest.

Ich sehe dich noch vor mir, wie du mir zum ersten Mal zulächeltest, ich weiß noch genau, wo es geschah, denn es ist ein heiliger Ort für mich geworden und niemand weiß davon, nicht einmal du!

Im Schwimmbad war ich vor Alexander sicher, zumeist jedenfalls. Von den anderen Studenten wurde es nur selten genutzt, so dass ich dort oft alleine war und diese Einsamkeit genoss.

Es war nicht das Meer, aber in der Sehnsucht nach dem Ozean tanzten abertausend Lichtreflexe im Aquamarinblau. Ich liebte es, sie durch meinen Kopfsprung und meine Schwimmzüge in Bewegung zu setzen, sich erst am Beckenrand brechende Wellenkreise zu erzeugen.

Ich hörte ihr Plätschern und seufzte wohlig auf.

Prompt öffnete sich die Tür zum Schwimmbad mit ihrem Schwipp-Schwapp-Ton.

»Bitte nicht«, dachte ich – und mein Stoßgebet wurde erhört. Kein Alexander trippelte auf feinen Ledersohlen vorsichtig über die Fliesen, nein, du warst es. Überrascht lächeltest du und verschwandest in der Umkleidekabine.

Ich schwamm weiter und gab vor, meine trainierte Gleichmäßigkeit nicht unterbrechen zu wollen. Ich schwamm auch weiter, als du wiederkamst, nur mit einer blauen Badehose bekleidet. Ich konnte deinen Wuchs sehen, deine schlanken, definierten Muskeln, die schwarzen Härchen, kräftig an deinen Beinen, fein an deinen Armen, ich fand alles schön an dir und versuchte, meine Blicke nicht zu lange auf dir ruhen zu lassen.

Du lachtest und riefst irgendetwas von einem Weltrekord, den ich zu erreichen suchte.

Ich kraulte weiter.

Auch du begannst, mit ruhigen Zügen durch das Nass zu gleiten und deine Wellen umspielten meinen Körper, ich ertrug es kaum.

Nach einer Weile schwamm ich an den Beckenrand. Du hieltest neben mir, sahst mich schelmisch an, strecktest deine Hände nach meinen Schultern aus, tauchtest mich unter, es gelang dir, weil ich so überrascht war. Prustend kam ich wieder an die Oberfläche. Du lachtest und tauchtest mich noch einmal unter. Und noch einmal.

Ich musste lachen.

So sehr, wie ich seit Monaten nicht mehr gelacht hatte. Ich konnte gar nicht mehr aufhören, mich selbst auf dem Weg zu meinem

Zimmer nicht beruhigen, fühlte mich erfrischt wie noch nie nach einem Bad. Komisch.

Und schön …

X.

Du würdest deine Liebe segnen lassen.

Deine Liebe zu einem anderen Mann. Ein anderer, mir fremder Mensch würde dich halten, dich lieben, dir Trost spenden und Kraft geben, sich dir schenken, ganz und gar. So vieles, was ich aus deinem Leben nicht mehr weiß.

Im Internet hätte ich nach ihm suchen können, ich habe es nicht getan. Ich wollte nichts wissen und nichts sehen, nichts vergleichen. Dabei habe ich seinen Namen geschrieben, als ich dir antwortete, um meine Teilnahme an eurer Feier zu bestätigen. Ich weiß nicht, was er tut, weiß nicht, wie er aussieht, will nicht, dass es ihn gibt.

Morgen also werde ich dich sehen, nach all den Jahren wiedersehen! Was du wohl gerade tust? Ob du gerade auch an mich denkst?

Auf den Plätzen mir gegenüber sitzt ein junges Liebespaar und ich sehe in ihren Augen das, was ich einst in deinen Augen gesehen habe und was du in meinen Augen gesehen haben musst.

Verlegen blicke ich zur Seite, was mir aber nicht viel nützt, denn die Augen der beiden spiegeln sich umso heller in der Fensterscheibe des Zuges und jagen mich von dort aus mit ihrem Leuchten.

Jeder von uns angehenden Priestern war verpflichtet, während seiner Ausbildung eine Art Praktikum im kirchlichen oder sozialen Leben des Bistums zu absolvieren und konnte sich hierfür zwischen Altenheimen, Kindergärten, Krankenhäusern oder Behinderteneinrichtungen entscheiden. Meine Wahl war auf ein Jugendzentrum am östlichen Ende der Stadt gefallen. Die Jugendlichen wurden dort mit ihren Sorgen ernst genommen.

Der Regens hatte auch dir die Liste mit den in Frage kommenden Einrichtungen gegeben und so tauchtest du eines Abends im Jugendzentrum auf. Ich war überrascht, dich plötzlich im Türrahmen zu sehen, in deinen Haaren noch der Wind vom Fahrradfahren.

Eine neue Gruppe für junge Erwachsene war ins Leben gerufen worden und, um einander kennenzulernen, stellten wir uns im Kreise auf. Der Gruppenleiter Cornelius hielt ein grünes, etwas verfilztes Wollknäuel in seinen elfenartigen Händen:

»So, ihr Lieben, jeder sagt seinen Namen, ja, und erzählt ein bisschen was über sich, okay? Woher er kommt, was er sucht, was er sich von der Gruppe hier verspricht. Und dann wirft er das Knäuel zum nächsten.«

»Und was machen die Frauen?«, meldete sich ein Mädchen in Batikkleidung und Birkenstocks, klackende Muscheln um den Hals gebunden.

»Die sollen froh sein, dass sie mitmachen dürfen«, sagte Cornelius.

Verdutztes Schweigen in der Runde, lediglich die Schnappatmung der Birkenstock-Frau ließ sich nach ungefähr fünf Sekunden in der Stille vernehmen.

»Ein Scherz, nur ein Scherz«, sagte Cornelius und alle lachten, etwas gezwungen schließlich auch das Mädchen. »Ist doch klar, ich meine alle, tut mir leid, aus Einfachheit sage ich das einfach so, wir sitzen sonst ja doppelt so lange hier und schaffen halb so viel. Also, wie gesagt, mein Name ist Cornelius und ich freue mich auf euch, auf jede und jeden von euch. Ich möchte hier neue Impulse bekommen, gerne auch Hilfestellungen geben.«

Cornelius warf das Knäuel zu dem immer noch leicht verkniffen wirkenden Birkenstock-Mädel. Situativ war dies die einzig mögliche Wahl.

Birte hieß das Mädchen und sie freue sich »im Prinzip« auf die Gemeinschaft der Gruppe, sie hatte die gepiercte Nase voll von Esoterik und Astrologie und suchte nach entscheidenden und tiefen Antworten oder zumindest Fragen, nach »den letzten Dingen«, wie sie es formulierte. Besonders gern wolle sie über die Rolle der Frau in der Kirche diskutieren, sie habe da einige Fragen, aber das nur nebenbei. Ich mochte ihr unsicheres Lächeln.

Sie warf das Knäuel zu Oleg aus Polen. An seinem Revers trug er einen Anstecker mit dem Konterfei Johannes Pauls II.

Zwischen den beiden würde es zu heiteren Diskussionen kommen, soviel war klar.

Oleg warf das Knäuel zu dir. Es fiel zu Boden, kullerte auf dich zu. Du nahmst es, deine linke Augenbraue zog sich ein wenig nervös nach oben, diese Bewegung sollte ich später besonders an dir lieben lernen.

»Ich bin Christian. Ich komme aus dem Priesterseminar und ich suche einen Ort, an dem ich mein Praktikum absolvieren kann und möchte.«

Die Runde schwieg beeindruckt (Oleg) und verunsichert (Birte), man/frau war sich nicht gänzlich im klaren darüber, wie viel Maß an Ehrfurcht (Oleg) und prinzipiellem Argwohn (Birte) einem Priesteranwärter gegenüber angemessen sei.

Und so ging es weiter.

Am Ende der Gruppenstunde ging ich gemeinsam mit Cornelius nach draußen, unterhielt mich noch kurz mit ihm. Du folgtest uns, bliebst bei uns stehen, gabst Cornelius die Hand, bedanktest dich.

»Kommst du wieder?«, fragte er dich. Du wolltest dich noch ein wenig weiter umschauen, sagtest du. Cornelius schloss die Tür und da standen wir, du und ich und ich und du.

Verlegen vergrub ich meine Hände in den Hosentaschen.

»Bist du auch mit dem Fahrrad da? Wollen wir zusammen fahren?«

Es war schon spät geworden. Wir gingen zu den Fahrradständen.

»Mein Rad ist gestohlen!«, rief ich, mehr erstaunt als entrüstet.

Du hattest inzwischen dein Rad aufgeschlossen, richtetest dich auf, kamst zu mir herüber.

»Hier hat es gestanden!«

»Dann setz dich auf meinen Gepäckträger!«, schlugst du vor. Wir betrachteten dein Fahrrad genauer und mussten lachen, denn der Gepäckträger schien nur noch – hochgerechnet!- an eineinhalb Schrauben befestigt zu sein.

Noch heute, im Zug nach Köln, muss ich darüber lächeln, wie komisch wir das fanden.

»Wohl doch keine so gute Idee«, sagtest du schließlich, woraufhin eine kurze Pause intensiven Überlegens folgte.

»Du kannst dich hier auf die Stange setzen! So seitlich, wie es Kinder tun. Das wird schon gehen, komm, wir müssen los!«

Ich setzte mich also auf die Stange, du dich hinter mir auf den Sattel. Wir fuhren leicht schlitternd und schlingernd und lachend los, verstummten erst, als wir unser Gleichgewicht gefunden hatten. Ich spürte deine Arme, die mich umschlossen, während du den Lenker hieltest und, um gut sehen zu können, dein Gesicht über meine rechte Schulter schobst.

Wir fuhren durch die ruhigen Straßen, das Seminar war noch fern und über der nebligen Stadt wölbte sich irgendwo der Sternenhimmel.

Mein Kopf lag an deiner Schulter, es war einfach passiert, ich hatte es nicht bemerkt.

Es war alles so still.

Wir erreichten den Domhügel und bogen in den holprigen Dominikanergang, mussten absteigen.

Was war da geschehen - etwas Neues, Ungewohntes, etwas sehr, sehr Schönes?

Halbschlafversunken vernahm ich am nächsten Morgen ein scharrendes Geräusch und meinte, der große Hibiskus habe wieder einen seiner welk gewordenen Kelche auf die Erde fallen lassen. Schleichende Schritte hörte ich, wie aus einer anderen Welt. Ich sank zurück in Traumlandschaften, aus denen mich wenig später das Klingeln meines Weckers riss.

Sofort stand ich auf, taumelte in die Dusche und hielt zuerst nur meinen Kopf, dann meinen ganzen müden Körper unter den kalten Strahl, verrichtete meine Morgentoilette in immer noch halbwachem Zustand, mit automatisierten Bewegungen.

Erst als ich mich angezogen hatte und zum Morgengebet gehen wollte, bemerkte ich einen DinA-4–Umschlag aus braunem Packpapier vor meiner Tür. Überrascht hob ich ihn auf, wendete ihn in meinen Händen, fand weder Absender noch Adressat.

Ich zog einige Bögen Papier heraus: »Schreiben der Kongregation für die Glaubenslehre an die Bischöfe der katholischen Kirche«.

Überrascht las ich weiter, versuchte, Schlaf und Müdigkeit aus Augen und Geist zu vertreiben. Was mochte das bedeuten? Wurden solche Dokumente neuerdings auf diese Weise im Seminar verteilt? Aber warum - dies war ein altes Schreiben (von 1986!) über die »Seelsorge für homosexuelle Personen«.

Ich begann zu lesen, zunächst überrascht, dann einigermaßen bestürzt über den harschen und rüden Ton, der mit jedem Satz aus den Bögen hervorschoss.

In der Zeit, als Aids zuerst unter den Schwulen zu wüten begann, tausende qualvoll starben und einem frühen Tode ins Angesicht schauen mussten, hatte ihnen die Kongregation solche Sätze um die Ohren gehauen. Ein denkbar schlechter, unsensibler Zeitpunkt, um – vielleicht auch zum Teil notwendige? – Dinge klarzustellen.

Ich legte die Bögen auf meinen Schreibtisch, machte mich auf den Weg zur Kirche und traf Jeremias.

»Hast du auch dieses 1986-er Schreiben der Glaubenskongregation bekommen?«, fragte ich ihn.

»Du hast Post von der Inquisition?!«, scherzte er.

»Ja, so kann man es wohl nennen.«

Ich erzählte ihm von dem Brief und Jeremias meinte, da habe sich jemand bestimmt einen Scherz erlaubt – »Oder ein Versehen«, sagte ich mir und vergaß das Schreiben. Es verschwand in den tiefen Schubladen meines Schreibtischs.

Nur eine leise Irritation blieb. War das die Kirche, die ich kannte – und liebte?

Am Abend gingen wir Studenten des Seminars zu einer Adventsfeier ins Jugendzentrum, du und ich, auch Jeremias, Alexander und noch einige andere. Kotulla hatte uns die Erlaubnis gegeben; offenbar war er der Auffassung, in einem katholischen Jugendzentrum könnten uns keine häretischen Läuse über die klerikalen Lebern laufen.

Zuerst sangen wir, dann hörten wir Musik und die Jugendlichen und jungen Erwachsenen – und auch wir!- begannen zu tanzen. Irgendwann lief »The Power of Love« von Frankie goes to Hollywood. Du saßest neben mir und obwohl du so nah warst, verspürte ich ein unglaublich großes Sehnen nach dir. Ich lehnte meinen Kopf an die Wand und stellte mir vor, es wäre deine Schulter, und schloss meine Augen.

Schnaufend ließ sich Alexander auf den Stuhl zu meiner Linken fallen, er hatte bereits einige Biere zuviel in sich hineingeschüttet.

»Was singen die denn da?«, meckerte er so dicht an meinem Ohr, dass Speicheltröpfchen an meine Wange regneten und mich erschaudern ließen. »The power of love – a furz from above?!?«

Da fingst du neben mir zu lachen an, du konntest so lachen, wie ich noch nie jemanden vor dir je hab lachen hören. Wer konnte so lachen? Du lachtest so laut und ich stimmte ein, aber nur leise schmunzelnd.

Erst weit nach Mitternacht brachen wir im sanften Schein der alten Laternen auf, es hatte zu schneien begonnen, und der Schnee verschluckte unsere Schritte. Diese Altstadtidylle wurde durch Alexander empfindlich gestört: Er war weiter aus dem Rahmen gefallen und dazu übergegangen, lateinische Titel verschiedener päpstlicher Enzykliken vor sich hinzulallen. Jeremias und ich hatten ihn eingehakt. So leise wie nur irgend möglich schlüpften wir ins Seminar und schoben, zogen und stemmten den immer schwerer – weil müder - werdenden Alexander die Treppe rauf. Er war mit seinem Enzykliken-Latein am Ende und inzwischen dazu übergegangen, den – Gott sei Dank tief schlafenden – Regens unflätig als Kot-Ulla zu beschimpfen. Jeremias und ich brachten ihn auf sein Zimmer, setzten ihn auf seine Bettkante und zogen ihm die Schuhe aus.

»Ihr seid echte Brüder, Jungs!«, lallte er weinerlich und ließ sich mit einem tiefen Schnauben zurückfallen. Ich breitete die Decke über seinem gewaltigen Körper aus. Schon im nächsten Moment wurden dieser, das Bett, ja, das ganze Zimmer von einem ohrenbetäubenden Schnarchen erschüttert.

»Ein Wunder, dass er die Decke nicht einatmet«, sagte Jeremias und stellte fürsorglich einen Eimer neben Alexanders Bett.

Wir wünschten uns eine gute Nacht und gingen in unsere Zimmer.

Ich trank Mineralwasser, als es leise an meiner Balkontür klopfte. Erschreckt fuhr ich zusammen und schob den Vorhang zur Seite, sah, wie sich mein Gesicht in der Scheibe spiegelte und mit dem deinigen, der du draußen auf dem Balkon standest, verschmolz. Ich öffnete die Tür und du schlüpftest ins Zimmer.

»Ich wollte dich was fragen«, sagtest du.

Mein Herz fing an zu pochen.

»Meine Eltern verreisen über Weihnachten und Silvester. Hast du nicht Lust, mich in Blankenrade besuchen zu kommen? Wir haben einen See, auf dem wir Schlittschuh fahren können!«

Als ob du mich überreden müsstest!

»Ich müsste die Feiertage bei mir zuhause verbringen«, antwortete ich, »doch ab dem 27., da kann ich, sehr gerne!«

Ich strahlte von einem Ohr zum anderen.

Du auch.

Und so schnell wie du gekommen warst, verschwandest du auch wieder im schneehellen Dezemberdunkel. Ich stand noch einen Moment lang an der offenen Balkontür, die Mineralwasserflasche in der Hand und meinte, dem Fall der weißen Flocken lauschen zu können.

XI.

Früh am Morgen des 27. Dezembers machte ich mich endlich auf den Weg zu dir. Meine Eltern, für die es eine große Freude und Ehre war, einen zukünftigen Priester als Sohn zu haben, brachten mich zum Zug und drückten mir Geld und Essen in die ohnehin schon vollgepackten Hände und Taschen.

Der Zug glitt aus dem heimatlichen Bahnhof und meine winkenden Eltern wurden immer kleiner und grauer und verschmolzen schließlich mit den Schemen der Stadt.

Es war nicht weit zu dir.

Obwohl noch nicht Mittag, schien doch schon die Dämmerung zwischen den kahlen Bäumen und Sträuchern hervorzuquellen, über die kalten Felder zu kriechen. Die Lichter der Christbäume und Weihnachtssterne in den Wohnzimmern und Gärten versöhnten mit all dem Grau.

Blankenrade, endlich.

Der Bahnhof bestand nur aus zwei öden Gleisen, denn das eigentliche Gebäude war schon vor Jahren von der Bahn aufgegeben worden und ein verbeulter Automat versuchte mehr schlecht als recht, den Menschen am Schalter zu ersetzen. Schwere Schneeflocken wurden von eisigen Winden umhergeweht; auch schienen sie ihre Landung herauszögern zu wollen, zweifelnd, ob sie nach ihrem taumelnden Flug aus den Wolken auf der Erde würden verweilen dürfen – oder sogleich vergehen müssten, die Pracht ihrer einzigartigen Kristalle für immer zerschmolzen.

Und sie umwehten dich. Ja, da warst du. Schnell kamst du unter dem Schutz des Vordachs hervor, sprangst über das Gleis, strahlend dein Gesicht. Wir standen voreinander und der Zug startete laut quietschend, wir konnten kein Wort des anderen hören und verstanden uns dennoch.

Mit deinem Auto fuhren wir durch das verlassen wirkende Dorf, folgten einer von hohen und kahlen Pappeln gesäumten Allee zwischen allmählich nun doch weiß werdenden Feldern. Die Erde gewährte den Schneeflocken die Gnade, auf ihr ruhen und vor sich hinschimmern zu dürfen.

Im Autoradio lief etwas von Genesis. Wir redeten nicht mehr, nur ab und zu sahen wir uns von der Seite an und lächelten verlegen; es gab soviel zu erzählen und zu fragen, doch wo war der Anfang, wo ein Einstieg? Die Musik füllte die noch wortlosen, sich zwischen uns befindlichen Universen.

Irgendwann bogen wir in eine versteckt liegende Einfahrt, fuhren durch einen Park mit uralten Bäumen und hielten schließlich vor einem großen Haus aus roten Backsteinen.

»Da sind wir schon!«, sagtest du.

Wir stiegen aus und ich sah ein altes Gutshaus mit einer riesigen, weißen Holzveranda, verspielten Erkern und großen Fenstern. Kahle Weinstöcke schützten die Fassade.

Es war kühl im Korridor. Zimmerfluchten gingen von der Eingangstür aus gesehen nach Osten und nach Westen.

»Ich zeige dir dein Zimmer«, sagtest du und wir gingen die Treppe rauf. Im ersten Stock gab es ein Gästezimmer, eingerichtet mit antiken Möbeln, die Wände in modernen Farben gestrichen. Ein barocker Kachelofen stand in der Ecke hinter der Tür.

»Der geht leider nicht mehr, wir verlassen uns lieber auf die elektrische Heizung«, sagtest du.

Niemand außer uns war im Haus. Wir gingen in die Küche. Die Flamme des Gasherdes zischte blau auf und umspielte den Topf mit dem blubberndem Wasser. Wir tranken Tee, aßen getrocknete Früchte und Weihnachtsplätzchen und wärmten unsere Hände an den Tassen.

Du zeigtest mir den wunderschön angelegten Garten mit seinen jetzt brachliegenden Beeten und einer Laube unter einem Kastanienbaum, dann die Wiesen hinter dem Haus und alte Stallgebäude und Scheunen. Es roch nach Winter, natürlich, und es schneite immer noch. Durch den Park gingen wir zu einem zugefrorenen See, zogen uns Schlittschuhe an und betraten sein Eis. Es knackte und ich sah erschrocken zum Ufer zurück. Du lachtest, liefst weiter, ergriffst meine Hand – und ich folgte dir. Bald fand auch ich mein Gleichgewicht und wünschte, fliegen zu können.

In der Mitte des Sees angekommen, schoben wir abertausende Schneekristalle zur Seite und sahen prächtige Goldfische unter der Eisfläche funkeln.

»Man müsste sie nach oben holen«, sagte ich.

»Was sollen sie in einem Glas oder Aquarium, wenn sie hier den ganzen tiefen See für sich haben?«, fragtest du.

Ich schaute dich an.

Mein Atem gefror und wehte mit dem deinigen ineinander.

Wir bemerkten es im selben Moment.

Wir verließen das Eis, gingen durch den kleinen Park zum Gutshaus zurück. Der Schnee hatte den gefrorenen Boden inzwischen barmherzig verhüllt, scharfe Kontraste und Konturen gab es nicht mehr, alles war weiß bedeckt und rein, die Stille so dicht, ich meinte, sie mit meinen Lippen liebkosen zu können, es war, als liefen wir in den Kristallräumen einer Schneeflocke. Nur unsere Schritte knirschten ab und an und wir hinterließen zwei Pfade im wolkigen Teppich.

An den Bäumen hingen Eiszapfen. Du wolltest ein besonders schönes Exemplar ergreifen, aber es zerbrach in deiner Hand und hinterließ einen Schnitt in deiner Hand. Blut quoll aus der Wunde hervor, tropfte hellrot auf den weißen Schnee und brachte ihn zum

Schmelzen. Es sah schön aus. Gebannt schauten wir dem Farbenspiel einen Moment lang zu.

Ich nahm reinen Schnee und drückte ihn auf deine Wunde, holte ein Taschentuch aus meinem Mantel und schlang es dir um den Mittelfinger. Es sah lustig aus und wir mussten lachen.

Noch von fern leuchtete es rot in der weißen Eintönigkeit.

Am späten Nachmittag besuchten wir die Heilige Messe in der kleinen Dorfkirche.

Wir umarmten uns zum Friedensgruß und ich küsste dir dabei auf die Wange. Ich hatte es nicht geplant und hätte ich vorher darüber nachgedacht, hätte ich es nicht getan, aber es geschah einfach - und es geschah so schnell. Ich war überrascht über die Frische deiner Haut.

»Das war schön«, flüstertest du.

Ich konnte nichts sagen und nickte nur.

Nach der Messe lud uns der alte Pfarrer zum Tee ein. Sein Pfarrhaus war muffig und etwas düster und die angebotenen Kekse seit zwei Jahren abgelaufen. Seine Haushälterin hätte ihn über Jahrzehnte hin begleitet und betreut, so erzählte er mir, aber sie sei vor einigen Jahren gestorben. Nun sei er allein. Überall war es nun ein wenig schmutzig; traurige Nachlässigkeit eines alten Mannes.

Nein, er wolle nicht, dass eine Frau aus dem Dorf komme und bei ihm saubermache. Das würde nur Gerede und Getratsche geben, er habe es ja schon einmal probiert, doch die Dame habe ihre Nase in all seine Schubladen gesteckt, seinen Kühlschrank inspiziert, in seinem Schlafzimmer geschnüffelt, das ginge doch nicht!

Er erzählte von seiner Primiz und von seiner Priesterweihe. Wie lange sei das her, ei, ei, ei.

Dann zeigte er uns eine Voliere voller Sittiche, Prachtfinken und Kanarienvögel, und zu meinem Erstaunen war all das bunte, zwitschernde, flatternde, schnabelwetzende Gefieder nach Päpsten benannt.

»Sind denn das nur Männchen?«, fragte ich überrascht.

»Ach nein, für die Weibchen habe ich die Namen einfach abgewandelt. Rein künstlerische, quasi schöpferische Freiheit«, sagte der Pfarrer und er lachte still in sich hinein.

Der Nymphensittich Pia IX. etwa stritt gerade mit ihrer Artgenossin Benedikta XIV. um den pracht- und temperamentvollen Leo den Großen; Gregor der Große wiederum schmetterte eine herrliche Kanarienarie, von der sich die orangenfarbene Innozentia X. unwiderstehlich angezogen zu fühlen schien. Der Wellensittich Sixtus V. hüpfte schnabelwetzend und zeternd hinter Pauline III. her.

Lange stand der Pfarrer in der Tür und sah uns nach, während hinter ihm der Staub in der Diele tanzte und unbeeindruckt das Gezwitscher des päpstlichen Geflügels erklang.

Es war längst dunkel geworden, die Straßen des Dorfes geisterhaft verlassen. Hinter einigen Fenstern begannen Fernseher zu flimmern und die Silhouetten der schneebedeckten Bäume vor den Häusern in bläulichen Schimmer zu hüllen. Draußen auf der Pappelallee hobst du Schnee auf, formtest einen Ball, zieltest auf mich. Ich lachte und rannte los, wurde getroffen, rutschte aus, landete nach Luft schnappend im Schnee, blieb liegen und stellte mich bewusstlos.

»Jonas?!«, riefst du besorgt. Kamst heran. Beugtest dich zu mir herunter, wolltest mich umdrehen. Ich fuhr herum, nutzte deine Überraschung schamlos aus und rang dich nieder. Wir wälzten uns im Schnee, zunächst wie Kinder, doch dann wurden unsere Bewegungen immer heftiger.

Auf einmal aber standest du abrupt auf. In deinen schwarzen Haarspitzen hing weißer Schnee wie ein Heiligenschein aus gefrorenem Wasser, und deine Augen waren offen wie eine Wunde.

Du reichtest mir die Hand und halfst mir aufzustehen, still gingen wir nach Hause.

XII.

Des Abends saßen wir in deinem Zimmer. Der Plattenspieler lief, aber ich kannte die Musik nicht, eine traurige Trompete spielte spanische Weisen. Wir saßen auf der Couch und hörten zu, mein Knie lag an dem deinigen.

Unser Gespräch war verstummt.

Weißes Kerzenwachs tropfte auf die Tischplatte und das Knistern der Schallplatte klang melodiöser als die Trauer der Musik.

Irgendwann lagen auch unsere Hände beieinander, leicht zitternd und gewiss.

Ich streckte meine Finger aus. Spürte deine etwas rauen und starken Fingerkuppen (und den Verband an deinem Mittelfinger) sanft über meinen Handrücken streichen.

Der Tonarm erhob sich über das schwarze Vinyl und der Plattenspieler schaltete sich aus.

Meine rechte Hand führte mich an deinen Hinterkopf, staunend streichelte ich deine dunklen Haare, die sich immer noch leicht feucht in deinem Nacken kräuselten.

Der Wind rüttelte an den Fenstern.

Du wendetest mir dein Gesicht zu, dein Atem streifte vorsichtig meinen Hals. Unbeholfen berührten sich unsere Münder, ich spürte die Einladung deiner warmen, sanften Lippen, öffnete die meinigen, und alles begann eins zu werden, Körper und Seele und Geist und du und ich.

Immer fordernder liebkosten wir mit unseren Händen und allen Sinnen das Gesicht, den Körper des anderen, küssten uns mit der Intensität derer, die nach langem Dürsten in der Wüste die Köstlichkeit reinen Quellwassers kosten dürfen.

Hielten uns lange fest und still.

Begannen wieder, uns zärtlich zu streicheln. Und auszuziehen. Ich erspürte deine festen Muskeln, dann immer wieder und immer noch deine sanften Lippen, deine wuschelig nassen Haare und dann deine Erregung, sah das Lodern deiner Augen. Jede Pore meines Körpers und jede Faser meiner Seele nahmen dich auf, sogen dich in mich hinein. Deine Gesichtszüge veränderten sich, ganz weich und sanft verloren sie sich im Auskosten, im Schenken, es war, als würdest du dein Inneres nach außen hauchen.

Und ich, ich sah auf einmal klar, spürte, wie etwas außerhalb unserer Körper geschah, wie unsere Seelen auf irgendeiner fernen und doch nahen Ebene miteinander zündelten – und verschmolzen.

Wir wollten nur noch eins sein, in der Aura des anderen leuchten, in sein Meer eintauchen, in seinem Leben ertrinken und uns in seiner Quelle ergießen.

Später, viel später hielt ich dich in meinen Armen, meine Wange hatte ich an deinen kühlen Nacken gedrückt. Dein Atem ging leise und zauberhaft sanft hob und senkte sich deine Brust. Ich legte meine Hand in die schwarzen Haare, die vom Kerzenschein vergoldeten.

Ich spürte deine Wärme und deinen Herzschlag, lauschte dem Fluss des Blutes in deinen Adern. Soviel Unaussprechliches gab es an dir zu entdecken.

Wir schliefen ein, eng umschlungen, alles eins. Ich wusste nicht, wo du endetest und ich begann, alles Liebe.

Deine Hände ruhten zärtlich auf meinem Körper, in dem du so viele Empfindungen geweckt hattest wie in meiner Seele, alles gut.

Die Unendlichkeit hatte sich aufgetan.

Ohne Gott hätte ich mich nicht so vollkommen und glücklich fühlen können.

XIII.

In der Nacht vor meiner Abreise nach Köln kehrte der Traum zurück: Ich sehe einen großen gotischen Kirchturm. In ihm hängen keine Glocken, stattdessen sind dort Käfige angebracht, Käfige, in denen lebende Menschen eingesperrt und ausgestellt werden, bis sie sterben und durch die Gitter schwitzen. Das sehe ich nicht, ich weiß es aber.

Der Kirchturm hat einen mächtigen Arm. In seiner Hand hält er einen Stein, äußerlich unscheinbar, doch in seinem Inneren funkelt und glitzert es weiß-silbern und zartviolett, paradiesisch schön. Es ist ein Amethyst.

Ich sehe, wie die Hand des Kirchturms beginnt, den Amethysten zusammenzudrücken. Das geschieht ganz ruhig, weder Stöhnen noch Knirschen sind zu hören und doch füllt sich das Innere des Edelsteins mit Blut. Zwischen den Kristallen quillt es hervor, still und stetig, bis die ganze Farbenpracht von der roten Dickflüssigkeit bedeckt ist.

In diesem Moment beginnen die Glocken zu läuten, nein, die Käfige ächzend aneinander zu schlagen und aus ihrem Inneren erklingt ein dumpfes und verzweifeltes Stöhnen.

Ich glaube, ich weine im Traum.

Wir genossen die Tage bei Dir zuhause. Täglich besuchten wir die Gottesdienste des alten Pfarrers und halfen ihm im Pfarrhaus. Er muss das Leuchten um uns herum bemerkt haben.

An unserem letzten Tag stand er vor seiner Voliere und betrachtete nachdenklich zwei der eleganten Nymphensittiche, die einander zärtlich kraulten.

»Die beiden sind unzertrennlich«, sagte der Pfarrer, »und es sind beides Männchen! Nun gut, soviel also zu der Behauptung, so etwas sei in der Schöpfungsordnung nicht vorgesehen, wie es Kardinal Meissner und seine Claqueure behaupten. Das alles ist nicht so einfach, wie beide Seiten es gerne sehen würden. Kommt wieder, ihr zwei!«

Er gab uns seinen Segen.

Wir gingen spazieren, ein letztes Mal vor unserer Abfahrt, denn am nächsten Morgen würden wir ins Seminar zurückkehren. Du erzähltest von einem Artikel, den du vor einigen Tagen in der Zeitung gelesen hattest.

Der Reporter hatte über einem Mann namens Orlando geschrieben, der sich vor dem Petersdom in Rom mit Benzin übergossen und angezündet habe. Wie eine brennende Fackel sei er zum Portal des Domes gerannt und dort von Wachen der Schweizergarde niedergerungen worden. Zwar sei es ihnen gelungen, die Flammen zu löschen, doch sei bereits ein Großteil der Haut

Orlandos verbrannt. Orlando habe noch zehn Tage gelebt, dann sei er im Krankenhaus verstorben. Von seiner patriarchal geprägten Familie hätte ihn niemand besucht. Denn Orlando sei schwul gewesen und bereits früh in die Großstadt geflohen, habe dort vergeblich versucht, eine Karriere als Schriftsteller aufzubauen. Der Sprecher einer italienischen Gay-Organisation wurde zitiert, er merkte an, die Positionen der Kirche in Bezug auf die Homosexualität seien für gläubige Schwule eine unendliche Quelle des Leidens. Die Tat auf dem Petersplatz sei ein Signal gewesen. Mehr noch: Ein Fanal.

»Und wir kehren morgen zurück. Keiner darf von uns wissen?«, fragtest du.

»Ich möchte mir dir zusammen sein. Wir werden einen Weg finden, es wird sich alles klären«, sagte ich.

Du antwortetest nicht, sondern legtest deinen Arm um meine Schultern.

»Es kommt auf unsere innere Einstellung an«, sagte ich. »Wo ein Wille, da ein Weg.«

Damals schien das Leben leicht und die Welt offen zu sein, mitten im kalten Winter.

Am nächsten Morgen fuhren wir mit deinem Auto zum Seminar. Wir schlängelten uns über Serpentinen einen Berg hinauf, die

Scheinwerfer tasteten suchend über schroffe Felsenwände und dunklen Nadelwald. Ich saß am Steuer.

Plötzlich brach ein riesiges Wildschwein aus dem Unterholz hervor und galoppierte auf die schmale Straße. Ich trat aufs Bremspedal, der Eber aber blieb einfach stehen und starrte in die Scheinwerfer.

Es gab einen dumpfen Schlag, als wir aufeinander prallten, dann war es still. Wir stiegen aus. Der Eber hatte eine gewaltige Beule in die Karosserie gedrückt, er war halb vom Auto begraben worden und blutete, sein Blut vermischte sich mit dem Schmelzwasser und der sumpfigen Erde den Berg hinunter zu einem schmutzigen Rot. Das Tier lebte noch. Unregelmäßig zitternd ging sein Atem und seine Läufe zuckten und zuckten, bis die Bewegungen immer langsamer und schwächer wurden, die Augen stumpf und stumpfer, bis sie vollkommen erloschen.

Ein Wagen hielt – ob wir Hilfe bräuchten?

»Mann, was für ein Braten!«, schrie ein Mann. »Gut, dass ich den nicht aus meiner Kühlerhaube kratzen muss.«

»Schade ums Gulasch!«, kreischte eine Frau auf dem Beifahrersitz.

XIV.

Der Zug nach Köln macht sich nichts aus dem Piesacken des Regens. Mit zweihundert Stundenkilometern bringt er mich zu dir.

Er fährt nicht schnell genug.

Obwohl ich kein Bittsteller sein möchte, sehne ich mich nach Akzeptanz durch Rom, mehr noch, nach einem liebevollen Auf- und Annehmen. Doch werden »wir« dort nicht einmal offiziell angehört. Dafür umso offizieller verurteilt.

Manchmal spüre ich nur noch Wut und Ohnmacht, abgelöst von Resignation oder Hoffnung: Wenn ich wieder einen durchgeknallten Kardinal oder Weihbischof abstruse Thesen verbreiten höre, wenn »katholische« Internetportale oder Blogger ihre Homophobie in die Tasten hauen und somit verbreiten, gleichzeitig aber jaulen, SIE selber würden diskriminiert, dann … , ja, was dann? Es ist allzu armselig und ich will mich eigentlich nicht auf solch niedrige Ebenen begeben, bin aber innerlich immer wieder dazu gezwungen.

Denn all das betrifft mich zutiefst.

Oh ja, in manchen Momenten, möge man sie nun als licht oder finster bezeichnen, möchte ich nicht mehr Teil dieser verwirrenden Düsternis sein. Mir von einem Papst oder einem Mitbruder nicht mehr meine Seele verletzen lassen. Wie oft hat die Geschichte gezeigt, dass Christen, dass Geistliche irren können, wenn sie den Pfad der Liebe verließen? Päpste ließen Menschen hinrichten!

Es gibt Momente, da möchte ich mir nicht mehr mein Leben, meine Liebe, meine Existenz und mein Priester-Sein vernichten lassen. Ich möchte weg von Pharisäern, die sich von der Herzensaussage ihrer Religion und dessen Begründer so weit entfernt haben, dass sie sich nicht vorstellen können, wie vielfältig und rein Liebe sein kann.

Doch das Allerschlimmste ist: Noch immer rufen ihre Argumente zuweilen ein Echo in mir wach und ich kann sie in solchen Momenten als logisch, korrekt und folgerichtig anerkennen … aber eben nur bis zu einem gewissen Punkt.

Denn ich schwebe zwischen den Stühlen.

Ein tiefer, weiter Ruf hat mich zeitlebens an diese Kirche gefesselt, aus Liebe.

Ich kann nicht gehen und will es auch nicht, ich kann weder zur Church of England noch zu den Altkatholiken oder zu den Lutheranern konvertieren. Etwas wäre nicht vollständig.

Meine Hände sind mit göttlichem Chrisam gesalbt.

Ich bin katholischer Priester.

Ich hätte mir nie träumen lassen, in einer schwulen Version der Dornenvögel mitzuspielen.

Hört sich nicht unlustig an.

Du und ich, wir kehrten also ins Seminar zurück. Ich war ein anderer Mensch geworden – und du warst bei mir.

Wir erklommen die Treppe, unser Gepäck in den Händen tragend und auf den Rücken geschnallt. Hinter den Türen rumorte es, in irgendeinem Zimmer lief ein Radio und die Dusche rauschte dazu und der sich offenkundig darunter befindende Mitbruder begleitete einen Song von ABBA mit seinem leider Gottes etwas unreinen Gesang.

»Unrein, und das unter der Dusche!«, sagtest du.

»Dem Reinen ist alles rein«, sagte ich. Und wir mussten lachen. Wie kicherten immer noch, als plötzlich Alexander vor uns stand (»Ei biliiiiiiiiiief in äinschels«). Der Blick seiner kleinen Äuglein flog argwöhnisch über dich und mich und unser Gepäck. Wir wünschten ihm ein frohes neues Jahr, doch deutete er allenfalls ein Nicken an und verschwand (»zamzink guut in eeeeeverizink ei siiiii«).

Mit einem Augenzwinkern gingst du in dein Zimmer. Es lag am Anfang des Ganges, die erste Tür auf der rechten Seite, nur drei Räume trennten es von dem meinigen. Es war ein schönes Gefühl, dich dort zu wissen.

In meinem Zimmer angekommen öffnete ich die Balkontür und trat hinaus. Ich sah dich bereits an der deinigen stehen und warten, wir freuten uns, als ob wir uns wochenlang nicht gesehen hätten.

Auf dem Schreibtisch lag ein Paket meiner Eltern. Süßigkeiten und ein vergessenes Buch lagen darin – und typischerweise neue Socken. Die Schrift meines Vaters war zittrig geworden, nur ein kurzer Gruß von ihm.

Kalt war es und ich stellte die Heizung höher, betrachtete mit Freude das Gemälde des Heiligen Michael über dem Bett.

Es klopfte und Jeremias steckte seinen Kopf durch die Tür. Es war schön, ihn wiederzusehen, doch spürte ich eine mir neue Unsicherheit. Von nun an hatte ich etwas zu verbergen, so waren wir verblieben, du und ich, ungern zwar, doch schien es uns das Beste zu sein. Wenn so wenig Menschen über einen so langen Zeitraum auf so begrenztem Raum miteinander leben und beten und arbeiten, dann lässt sich nur sehr wenig über Leben und Wesen und Fühlen jeder einzelnen Person verbergen. Als ich Jeremias sah, bekam ich eine Ahnung davon, wie schwierig es für uns sein würde. Vorher war meine Tür nie verschlossen gewesen. Aber von nun an würden wir vorsichtig sein müssen.

Die Tage waren ausgefüllt von den Studien und Vorlesungen, den Mahlzeiten und den Gebeten, aber abends, wenn im Haus die Lichter ausgegangen und die Geräusche verklungen waren, dann kamst du über den dunklen Balkon zu mir – oder ich zu dir. Und der schwule Dornenvogel sang und sang.

Ich hatte offiziell mit dem Rauchen begonnen, inoffiziell aber dienten die Zigaretten lediglich der Tarnung.

Ich schlich also auf den Balkon und zündete mir eine Zigarette an, inhalierte den beißenden Qualm und hoffte, keiner der Mitbrüder würde gerade aus dem Fenster schauen und irgendwelche Rückschlüsse ziehen. Ich schlenderte so lange auf und ab – hin und wieder unfreiwillig hustend -, bis ich dem Schutz der Nacht trauen konnte. Dann schlüpfte ich durch deine angelehnte Balkontür, kam zu dir in deine Wärme.

Wir verschlossen die Tür und zogen die Vorhänge zu, stellten leise Musik an. Es waren stille, nur flüsternde Stunden, doch entschädigte ihr Glück für all die Umständlichkeiten.

So wurde es März und ein ungewöhnlich schöner Vorfrühling erblühte. Wir unternahmen lange Spaziergänge in der Stadt und in den Wäldern. In meinem Inneren wollte kein Widerspruch zwischen meinem Priesterruf und der Beziehung zu dir aufkeimen.

Flüchtete ich hinter Scheinfassaden und bemerkte es nicht, konnte nicht hinter Fassaden aus Verdrängungen und Kompromissen schauen? Wo in Wahrheit eine hohläugige Landschaft lag, den zerbombten Städten des Zweiten Weltkriegs nicht unähnlich? Kein Leben außer sich zaghaft unter den Trümmerbergen regende Pflanzensaat.

Würde ich die Kraft zum Warten haben, gar zum Beseitigen der Trümmer? Die Zeit, um zu sehen, wie die Samen zu keimen beginnen, bereit, eine ganz andere, vielleicht sogar viel schönere Landschaft zu gestalten, die Ruinen mit ihrem Grün zu überwuchern?

Diese Fragen stelle ich mir immer noch.

Als ich eines Tages in der Bibliothek arbeitete, kam Alexander herein. Flüchtig schaute er mich an, suchte seine Bücher aus den Regalen zusammen und setzte sich auf einen Platz in meiner Nähe. Außer uns war niemand im Raum, deshalb brach ich das nicht verordnete, aber dennoch aus Rücksicht übliche Schweigegebot:

»Auch bei dem schönen Wetter hier drinnen?«

»Nein, ich fahre Wasserski auf Ibiza«, antwortete er genervt, fügte aber hinzu: »Ich arbeitete an einem Referat für unsere Debattierrunde in zwei Wochen.«

»Ach, wie interessant«, sagte ich, in Gedanken schon wieder bei meiner Griechisch-Übersetzung.

»Über Homosexualität in der Bibel und in der kirchlichen Überlieferung«, sagte Alexander und blätterte auf dezidierte Weise in seinen Notizen.

Das Licht der Neonröhren fiel schimmlig auf die Bücher und auf uns. Ich beugte mich weit über meinen Schreibblock.

»Da musst du doch nicht rot werden!«, meinte Alexander. »In der heutigen Zeit muss man sich darüber Gedanken machen!«

»Musste man das nicht immer schon ?«, versetzte ich.

Er wiegte seinen runden Kopf hin und her, und ich schwieg.

Zwang mich, noch eine Weile neben ihm sitzen zu bleiben, in verschiedenen Büchern zu blättern und zu suchen, raffte nach einer Ewigkeit, wie es mir erschien, die Bücher zusammen, verschloss meinen Füllfederhalter, klappte meinen Block zu und verließ auf wackligen Beinen die Bibliothek.

Am Abend, in der Geborgenheit deines Zimmers, erzählte ich dir von meiner Begegnung mit unserem Monsignore, wie Alexander im Seminar genannt wurde.

Du verdrehtest deine Augen.

Ich wollte neben dir einschlafen und am nächsten Morgen in der Musik deiner leisen Atemzüge erwachen, aber es war unmöglich. Die Gefahr war zu groß.

Kurz nach Mitternacht verließ ich dein Zimmer über den Balkon.

Wind wehte durch den Innenhof und warf die Zweige des Kastanienbaums in einem irren Tanz hin und her.

XV.

Normalerweise liebte ich es, mich in der Bibliothek des Seminars aufzuhalten und die in ihr herrschende Konzentration zu genießen. Ich schätzte den respektvollen Umgang mit Büchern. Schon etliche Generationen von Mönchen und Priestern hatten sie in ihren Händen gehalten. Ständig wurde der Bestand erweitert, neue Bücher hinzugekauft, die Regale mit testamentarisch vermachten Priesterbüchereien aufgefüllt.

Es war beruhigend für mich, an den langen Regalen entlang zu gehen, meine Augen auf die Buchrücken aus verschiedenen Jahrhunderten geheftet. Was konnte allein ein Buchrücken erzählen! Darüber zu staunen, wie Wissen in Jahrhunderten gewachsen und auch wieder vergessen worden war, ewige Wahrheiten aber über Jahrtausende tradiert wurden, und sich all diese Bücher wie Geschwister aneinander reihten und ein großes Ganzes ergaben.

Ein Buch aus dem Regal zu ziehen war für mich auf- und anregend, ja, sinnlich: die Beschaffenheit seines Einbandes in meinen Händen zu fühlen, es aufzuschlagen, in seinen Seiten zu blättern, zu schauen, was es mir preisgab, welche Schätze und Weisheiten mir entgegenwehten – und es später wieder auf seinen Platz auf dem Bord zurückzuschieben. Oft sprang mir ein Buch oder auch nur ein Kapitel oder ein Satz ins Auge, just genau in diesem betreffenden Moment Orientierung schenkend, Klarheit bietend, meine Situation auf den Punkt bringend.

Normalerweise gab mir die Bibliothek ein Gefühl des Friedens, ja, auch ein Gefühl der Meditation und vom Klang des ganzen Universums.

Doch als der Tag von Alexanders Referat gekommen war, fühlte ich mich unruhig, schon am frühen Morgen. Du und ich, wir hatten nicht mehr darüber geredet. Du hattest es abgetan. Am Morgen hatten wir miteinander geschlafen. Ich trug deine Unterwäsche, was mich unglaublich erregte.

Am Nachmittag also trafen wir uns in der Bibliothek zwischen den Bücherburgen im Neonlicht. Draußen hingen Wolken an den Türmen des Doms. Ich saß zwischen dir und Jeremias, er erzählte irgendwas von einem Roman oder Film oder einem verfilmten Roman. Ich konnte mich nicht auf das konzentrieren, was er sagte, und schließlich bemerkte er es und verstummte. Ebenso legte sich das Scharren der Stühle und das Rascheln der Papiere auf den Tischen. Du saßest neben mir, zwar äußerlich ruhig, doch war deine Haltung angespannt, ich hatte gesehen, wie unnatürlich verschränkt du deine Finger hieltest und die kleine steile Falte an deiner rechten Augenbraue geliebt.

Alexander erhob sich, einen Stapel eng beschriebener Papiere in der weißen, weichen Hand. Sich gewichtig räuspernd ließ er seinen Blick so lange über die versammelten Mitbrüder schweifen, bis einer leise »Ausziehen!« rief. Wir kicherten wie eine Horde Teenager beim Biologieunterricht. Nachdem ein strafender Blick den Frevler getroffen hatte, begann Alexander, einige einleitende Worte zu sprechen.

»Liebe Mitbrüder«, so fing er an, »ich darf zu Beginn einige Bibelstellen zitieren und darauf sowohl streng exegetische als auch mehr oder weniger spontane Aussagen einiger Kardinäle und Bischöfe zu diesen Zitaten hinzufügen. Selbstverständlich haben sich diese Eminenzen vorher ausgiebig mit diesem Thema beschäftigt, sie sind sozusagen Fachmänner in Fragen der Homosexualität!«

Jeremias gluckste und Alexander schoss einen scharfen Blick in unsere Richtung. Dann fuhr er fort, strikt vom Blatt ablesend. Ich rutschte unruhig auf meinem Stuhl umher, eigentlich wollte ich mir das nicht anhören. Du hattest dich nach vorn gebeugt, deine schönen Augen weit geöffnet, deine Ohren gespitzt, schienst mit deinem ganzen Körper zu lauschen … du trugst meine Unterwäsche.

Alexander fuhr derweil mit vor Entrüstung bebender Stimme fort, behauptete, bei diesem heißen Thema handele es sich um eine der schwersten Sünden überhaupt, denn in der Schöpfungsordnung, so zitierte er den unvermeidlichen Kardinal Meissner,

Müller, Sarah oder welchen auch immer, sei Homosexualität nicht vorgesehen.

Jeremias tippte sich an die Stirn und ich sah die Muskeln an deinen Wangen sich verhärten. Ich verschränkte meine Arme und versuchte, durch Alexander hindurchzusehen, seine Worte in mein eines Ohr hinein- und aus dem anderen herausflirren zu lassen - ohne ihrem eventuellen Gehalt in meinem Hirn und Empfinden irgendeinen Widerhall geben zu wollen.

Verspätet und durchnässt war der Regens in der Bibliothek aufgetaucht und blickte nun mit geschürzten Lippen auf seine Schäfchen.

»Die Bibel«, so sprach der künftige Monsignore mit den Gammarellisocken, »die Bibel verurteilt homosexuelle Handlungen aufs Schärfste, sie spricht da eine ganz klare Sprache!«

Der Regens nickte zustimmend.

»Auch das Neue Testament steht der homosexuellen Unzucht nicht gleichgültig, wohlmeinend oder gar tolerant gegenüber. Wer das meint, versucht sich die Bibel so hinzubiegen, dass sie in seinen sündigen Kram passt!«, fuhr Alexander mit nun fester werdender Stimme fort.

Spätestens jetzt hatte er sich die uneingeschränkte Aufmerksamkeit seiner Zuhörer gesichert, er exponierte sich sehr, dies versprach spannend zu werden!

»Auch der Katechismus der katholischen Kirche spricht von einer objektiv ungeordneten Neigung: Homosexuelle Handlungen sind in keinem Fall zu billigen. Nein, ich weigere mich, das Wort ‚schwul' zu gebrauchen«, rief Alexander erbost auf einen Einwand hin, den keiner gemacht hatte.

»Dieses Wort wird von der Homo-Lobby gebraucht und weist in eine bestimmte ideologische Stoßrichtung!«

Nun prustete Jeremias laut heraus, auch einige der anderen Kollegen schmunzelten leise – vielleicht wissend? Ich beruhigte mich etwas, vermutlich würde hier einfach ein Affentheater veranstaltet werden, wie in einer Talkshow - es sah ganz danach aus: Eine ernsthafte, wissenschaftliche, philosophische und theologische Debatte schien mit diesem polemischen Referenten ganz und gar unmöglich.

Der Regens hatte die Stirn gerunzelt und rief zur Mäßigung auf, dem Vortragenden gebühre Respekt.

»Wie gesagt«, sagte Alexander, hektisch rote Flecken hatten sich an seinen Halsfalten gebildet, »die Ehe ist heilig! Homosexuelle Beziehungen verstoßen gegen das natürliche Sittengesetz, denn die Weitergabe des Lebens« – hier konnte er sich eines Lächelns nicht erwehren – »ist bei dieser Art von Geschlechtsverkehr selbstverständlich ausgeschlossen!

Sowohl die Dokumente des Apostolischen Stuhls als auch viele Psychologen erklären Homosexuelle zu Menschen mit defizitärer, affektiver Reife. Sie können korrekte Beziehungen weder zu Männern noch zu Frauen aufbauen. Gleichzeitig aber«, bemühte sich Alexander zu versichern, »soll man diesen Menschen mit Takt und Mitleid begegnen. Dieses ist aus christlicher Sicht selbstverständlich: Man hüte sich davor, sie in irgendeiner Weise ungerecht zurückzusetzen. Dieses empfiehlt im Übrigen die vatikanische Kongregation wortwörtlich.«

Sollte mich das wütend machen? Fassungslos? Traurig? Konnte ich das nachvollziehen? Der Sünder wird geliebt, die Sünde jedoch nicht?

Hörte sich Letzteres nicht eigentlich schön an? Gab es so nicht für jeden Menschen Hoffnung? Aber was hat das konkret mit mir, mit uns zu tun?

Waren diese Forderungen für einen Menschen überhaupt machbar? Konnte Gott ein Leben voller Einsamkeit und Krankheit und Unglück wollen oder gar verlangen? Und wieso überhaupt? Nachdem er ihn so geschaffen hat?

Alexander hatte sich warm geredet, mit beiden Händen hielt er die zu lesenden Papiere fest und sah selten auf.

Ich hatte neben meinen Armen nun auch meine Beine verschränkt, wollte dieses Gift nicht in mein Herz lassen, fühlte leichten Schwindel.

»Homosexualität ist der wesentliche Faktor bei den Missbrauchsfällen in den vergangenen Jahren gewesen! Dem Klerus droht durch die wachsende Homosexualisierung Verweichlichung und Feminisierung. Die Bemühungen einiger willfähriger, europäischer Politiker, in ihren Ländern homosexuelle Partnerschaften zu legalisieren, setzen andere böse Kräfte in der Gesellschaft frei. Das Böse wird auf diese Weise legitimiert, der Blitzschlag der Sünde darf nicht unterschätzt werden! Abtreibungen sind weitestgehend legalisiert, die Beratung des Arztes hierzulande oft nur eine Farce, bald wird man auch Kranke legal töten können, all dies hängt zusammen! In einigen Ländern dürfen Homosexuelle sogar Kinder adoptieren! Kommt dieses nicht einer Vergewaltigung der Kinder gleich?«

Alexander blickte auf, denn ein irritiertes Murren hatte sich unter den Zuhörern geregt. Trotz oder wegen Kotullas Führungsstils waren die Mitbrüder im Schnitt aufgeschlossen und fair und hatten nichts für Rechtspopulismus, Klerikalfaschismus und die eigenartige Gleichsetzung von Tötungen bei Euthanasie und Abtreibung und homosexueller Liebe übrig.

»Ich habe Ratzinger zitiert!«, rief Alexander erregt. »Praktizierte Homosexualität bleibt eben Sünde, da kommt die Kirche nicht drumherum!«, so schloss er seine Ausführungen, knallte die Kanten seiner Papiere so lange auf den Tisch, bis sie wieder in eine Form gegossen waren und setzte sich, außer Atem und immer noch erregt.

Zögernd setzte spärliches Klopfen auf Stuhllehnen und Tischplatten ein.

Schnell stand der Regens auf, dankte Alexander für seine Ausführungen und bemühte sich um wissenschaftliche Neutralität, konnte sich jedoch nicht gut verstellen. Es sei nun einmal so, dass die erwähnten Bibelstellen keine andere Interpretation zulassen würden als diejenige, welche durch die Glaubenskongregation erfolgt sei und vom »lieben Alexander« gerade »vielleicht ein wenig zu hitzig« referiert worden seien, so sagte er. Eine zweitausendjährige Geschichte, Tradition, Exegese – könnten sie irren?!

In mir regte sich leiser Widerspruch, noch unbestimmt, denn ich konnte nicht glauben, dass das soeben Gehörte in seiner skandalösen Einseitigkeit, Einfältigkeit und fehlenden Feinfühligkeit so stehen bleiben sollte. Ich wünschte, ich hätte mich genauer - in diesem Fall allerdings nun rein wissenschaftlich - mit dem Thema auseinandergesetzt hätte, denn mir fehlten Argumente, um das, was ich meinte und fühlte, ausdrücken und untermauern zu können.

Doch selbst wenn ich um diese Argumente wüsste, würde ich nicht den Mut besitzen, hier das Wort zu ergreifen, denn ich würde mich verdächtig machen.

Und dazu war ich nicht in der Lage.

Bis heute weiß ich nicht wieso.

XVI.

Doch auch ohne mich wurde die übliche Debatte eröffnet. Als erster bekam Jeremias das Wort vom Regens erteilt:

»Ich denke, man muss die zitierten Bibelstellen aus Levitikus und den Römerbriefen in einem bestimmten historischen und kulturellen Zusammenhang sehen. Es geht aus ihnen nicht eindeutig hervor, ob es um homosexuell veranlagte Menschen und Liebende geht, so wie wir sie heute kennen - oder ob es sich um rituelle Fruchtbarkeitskulte und sexuelle Gewaltanwendung Sklaven und Untergebenen gegenüber handelt.

Warum aber sollen gerade diese Stellen zeitlos und ohne Rücksicht auf die von mir erwähnten Zusammenhänge gesehen werden, andere jedoch nicht? Zweitausend Jahre der Forschung und der wissenschaftlichen Erkenntnis liegen dazwischen! Bestimmte Aussagen der Bibel über die Natur des Menschen sind doch ebenso als zeitbedingt zu bewerten wie zum Beispiel die Beschreibung der Schöpfung in der Genesis, wobei es sich ja vornehmlich um einen spirituellen Text handelt. Natürlich steht da, Gott habe den Menschen als Mann und Frau erschaffen, als sein Abbild, aber was heißt das für uns in diesem Zusammenhang? In Gottes Garten herrscht bunte Vielfalt und Christus sagt, im Haus des Vaters seien viele Wohnungen.

Natürlich kann man nicht den Wahrheitsgehalt biblischer Grundaussagen anzweifeln. Es geht aber darum, welche Kernaussage die Schreiber mit ihren damaligen Worten und aus ihrer damaligen Sicht heraus eigentlich treffen wollten!«

Nun meldete sich Ludger, ein Student aus dem vierten Semester: »Würden wir heute noch dem Heiligkeitsgesetz des Levitikus folgen, müssten alle praktizierenden Homosexuellen zum Tode verurteilt werden. Dieses lässt sich jedoch weder mit den zehn Geboten noch mit den Aussagen Jesu vereinbaren, wie wir wissen. Trotzdem steht es im Alten Testament! Also brauchen wir eine kluge Bibelauslegung und nicht tumbes Wortwörtlichnehmen. Und außerdem gibt es doch heute auch in der römischen Kirche tolerantere Tendenzen, etwa in manchen Orden. Unsere Kirche ist längst nicht so verachtend wie die meisten evangelikalen Gruppierungen oder einige orthodoxe Kirchen, das muss man ganz klar sehen. Ganz zu schweigen von der Brutalität im Islam, wo Homosexuelle einfach mal gesteinigt oder aufgehängt werden, und zum Teil auch der Verachtung im orthodoxen Judentum, wo Homosexuelle mit Schweinen verglichen werden.«

Erfolglose Regentropfen torpedierten die Fensterscheiben und begannen, das Glas herabzufließen, in ihrer irrlichternden Bahn von erneuten Explosionen nachkommender Tropfen ver- und zerstört, ein Wassermassaker ohnegleichen. Ich hoffte, du würdest schweigen, doch saßest du auf deinem Stuhl wie ein Läufer, bereit zum Sprint, hattest deine Hand erhoben.

Mit einer knappen Handbewegung erteilte der Regens dir das Wort, du erhobst dich von deinem Platz und begannst zu sprechen:

»Ich habe ein Problem!«

Mir stockte der Atem und ich wünschte - dem Wasser an den Fensterscheiben gleich - meinen Stuhl herabzufließen und mit dem Boden verschmelzen zu können.

»Mein Vater will seine Tochter in die Sklaverei verkaufen! Ja, unglaublich, in der Tat, doch sind die Zeiten überaus hart und unsere Familie braucht Geld! Nicht zuletzt mein Theologiestudium kommt uns teuer zu stehen, da müssen Opfer gebracht werden. Obendrein aber ist das alles nur halb so wild, denn nach Exodus 21:7 ist es meinem Vater eindeutig erlaubt, nicht wahr?

Und stellt euch vor, vergangenen Samstag ging ich hier im Seminar umher, blickte in die Küche und sah Schwester Griseldis über Töpfen voll kochender Spaghetti schwitzen. An einem Samstag erdreistete sie sich zu arbeiten! Das wird in Exodus 35:2 unter Todesstrafe gestellt! Wie soll ich sie denn möglichst barmherzig zu Tode kommen lassen? Weiß da jemand eine Lösung? Du vielleicht, Alexander?«

Der Regens begann, mit seinen Fingerspitzen unruhig auf der Tischplatte herumzufahren und Alexander sah aus, als wäre ihm ein Regenwurm ins linke Nasenloch gekrochen.

Ich sah zu Boden. Mein Gesicht glühte.

»Ich muss leider feststellen, dass du, Alexander, dich täglich rasierst und dein Haupthaar regelmäßig schneiden lässt, sogar an den Schläfen! Obwohl uns das durch Levitikus 19:27 verboten wird! Was soll man dazu sagen? Ob der Herr dir dies verzeihen wird? Zumal du Schuhe, edle italienische Schuhe, aus Schweinsleder trägst! Das Berühren eines toten Schweins aber macht laut Levitikus 11, 26-28 unrein, ich sehe wirklich schwarz für dich, Alexander, da können deine Söckchen hundertfach von Gammarelli sein!«

Du sahst dich in der Bibliothek um, tatest, als ob du etwas entdeckt hättest, öffnetest ratlos deine Hände, hieltest sie Alexander hin: »Was muss ich sehen, so viele unserer Brüder tragen eine Brille oder Kontaktlinsen! Komm, steh auf, Alexander, wir müssen sie aus dem Seminar vertreiben, denn wir würden der Sünde Vorschub leisten, beließen wir sie hier! In Levitikus 21:20 wird gesagt, man darf sich dem Altar Gottes nicht nähern, wenn die Augen von einer Krankheit oder Priester von einem Gebrechen befallen sind! Priestermangel hin, Priestermangel her, da müssen wir konsequent sein! Fort mit Müller, Meissner, Mixa – ach nein, die, Verzeihung, der ist ja schon weg. Dann eben der aus Chur! Alle augenkrank!«

Was für einen Prediger würdest du abgeben! Deine Gestern waren überzeugend und gefüllt, dein Lächeln entspannt - und doch warst du bestimmt, vollkommen souverän, das unwillige

Trommeln Kotullas ignoriertest du gekonnt. Alexander war nun im ganzen Gesicht tomatenrot angelaufen und wackelte wütend mit den Ohren.

… und gleichzeitig hatte ich Angst, du würdest dich zu weit vorwagen, jemand würde beginnen, unbequeme Fragen zu stellen, Rückschlüsse zu ziehen. Ich wünschte, ich würde nicht neben dir sitzen und ich wurde plötzlich wütend, weil du dich in gefährliches Fahrwasser begeben hattest. Hier ging es nicht um ein beliebiges, theologisches Thema, hier ging es um mehr. Hier ging es um etwas, was uns beide ganz besonders betraf, nur uns beide, lebten wir doch in einer Männergesellschaft, liebten wir uns inmitten einer solchen, wusste niemand von dem Himmel in uns.

»Aus deinen Ausführungen«, wandtest du dich an Alexander, »spricht eine befremdliche und gefährliche Missachtung der heutigen Kenntnisse der Humanwissenschaft! Homosexualität ist weder eine Krankheit, noch ist sie eine psychische Störung! In den USA hat die American Psychiatric Society sie bereits 1973 aus allen entsprechenden Katalogen gestrichen!

Wer behauptet, es handele sich lediglich um ein medizinisches Problem, ist von der Wissenschaft längst überholt und sollte obendrein einen hoffentlich heilsamen Blick in die Verfehlungen der Kirchengeschichte tun.

So, was wurde da noch alles referiert? Ach ja, apropos defizitär: Aufgrund der sexuellen Orientierung kannst du keine Rückschlüsse über die Persönlichkeitsentwicklung der betreffenden Menschen ziehen. Das insinuiert, alle heterosexuell empfindenden Menschen seien gesund. Dem ist nachweislich nicht so, schau dich in der Welt um, schlage gelegentlich eine Zeitung auf!

Es ist längst anerkannt, dass sowohl die Homo- als auch die Heterosexualität eigenständige Grunddispositionen menschlicher Sexualität sind, sie betreffen den ganzen Menschen und nicht nur einen kleinen Teil von ihm. Übrigens meine ich nicht, Homosexuelle seien per se bessere Menschen, nein, sie sollten genauso wie ihre heterosexuellen Mitmenschen verantwortungsvoll mit ihren Gaben und Gefährdungen umzugehen lernen.

Gewiss schockieren drastische Verhaltensweisen die Öffentlichkeit, dich und auch mich. Sie wurzeln aber nicht in der Homosexualität an sich, sondern im Umgang der Menschen mit ihr und in ihrem Umgang untereinander. Wir müssen klar differenzieren, woraus hierbei dieses Verhalten gespeist wird.

Ich denke, und da wirst du mir nicht widersprechen können, dass es auch in der Heterosexualität überaus befremdliches Verhalten gibt. Geh einmal in Hamburg über die Reeperbahn oder schalte abends den Fernseher ein, schau dich in Thailand oder an den Grenzen zu Osteuropa um, dann wirst du verstehen, was ich meine.«

Jeder hing inzwischen an deinen Lippen, ich am allermeisten. Ich war so aufgeregt, es hielt mich kaum auf meinem Stuhl. Ich fühlte es in mir glühen, nicht mehr aus Scham, sondern aus wilder Freude und gleich darauf aus Ärger über deinen Leichtsinn. Es wollte mich zerreißen, doch die Wut gewann und ich fühlte mich verraten, schnell, in einem Bruchteil von Sekunden.

»Christian, bitte kommen Sie aufs Thema zurück!«, sagte der Regens mit gepresster Stimme.

»Ich denke, die Kirche sollte den wissenschaftlichen Untersuchungen, Ergebnissen und Feststellungen Rechnung tragen und sie beachten. Das kann ihr nur gut tun. Sie tut das vorbildlich in vielen Bereichen, viel mehr als andere Religionen übrigens! Und auch hier würde ihr das gut zu Gesicht stehen. Wie kann der Katechismus etwas, ich zitiere, als ‚objektiv ungeordnet' bezeichnen, wenn er selbst - wie zugegeben - nicht weiß, was die Ursachen der Homosexualität sind?«

Der Regens unterbrach dich: »Christian, ich muss Sie bitten ...«

Unwirsch drehte ich mich um, sah Kotulla an seinem Platz sitzen, alles an ihm schmal geworden: zu Schlitzen die Augen, zum Schnabel die Lippen, zum Speer die Haltung.

»Es tut mir leid, ich möchte dies noch hinzufügen!«, entgegnetest du. »Ich finde die Schriftinterpretation der Kongregation für die Glaubenslehre, auf die sich Alexanders Referat maßgeblich zu stützen scheint, anmaßend und verletzend und deswegen zutiefst unchristlich. Den Betroffenen wird jedwede Form ehrenhaften Lebens abgesprochen. Nur wenn sie sich als Verrückte, Perverse oder pathologische Fälle definieren und annehmen und so für etwas büßen, was gar nicht in ihrer Kontrolle und in ihrem Verschulden liegen kann, nur dann ist ihre Existenz in den Augen einiger Kardinäle akzeptabel!

Es geht mir übrigens nicht nur um genitale Sexualität, alle Kirchendokumente reden nur von genitaler Sexualität, was überaus tief blicken lässt.

Weiterhin fatal ist die Vermischung von Homosexualität und Pädosexualität! Eine Ignoranz der wissenschaftlichen Untersuchungen, ohnegleichen!

Nun kommen wir aber zum springenden Punkt: Christus hat sich zu diesem Thema nie geäußert. Alle Aussagen im Neuen Testament stehen in den von Paulus verfassten Briefen, wenn ich mich nicht irre. Jesus Christus selber IST das Wort Gottes, wie es im Prolog des Johannesevangeliums gesagt wird, er ist die Mitte der Schrift. Und so muss in seinem Geist, der Frohen Botschaft, die ganze Heilige Schrift gelesen werden, vor allem auch das Alte Testament! Das Evangelium verkündet im Wesentlichen das Ja-Wort Gottes für den Menschen! Für den Menschen! Und das schließt meiner Meinung nach die Sexualität als großes Geschenk mit ein!«

»Sie schweifen ab, bitte kommen Sie zum eigentlichen Thema zurück! Sie sind nicht befugt, psychologische Ratschläge zu erteilen!«, sprach der Regens.

Doch fuhrst du fort: »Ich möchte nur noch einmal betonen, dass ich solch Pharisäertum für zutiefst unchristlich halte, wenn nicht sogar faschistoid. Jedermann, übrigens viel mehr als jederfrau, wie interessant – also jedermann empört sich darüber, wenn ernsthafte Exegeten auch nur andeuten, etwa zwischen David und Jonathan im Buch Samuel könnte eine homoerotisch angehauchte Beziehung bestanden haben. Nur könnte, wohlgemerkt! David beweint den Tod des Jonathan in seiner berühmten Klage. Ich zitiere: ‚Weh ist mir um dich, mein Bruder Jonathan. Du warst mir sehr lieb. Wunderbarer war deine Liebe für mich als die Liebe der Frauen'.

Und in 2 Samuel 1,46: ‚David (...) warf sich mit dem Gesicht zur Erde nieder und verneigte sich drei Mal tief vor Jonathan. Dann küssten sie einander und sie weinten'.

Gott ist die Liebe und Liebe ist himmlisch, sie muss sich nicht mit Schmutz von Menschen bewerfen lassen, die mit ihrer Sexualität nicht zurecht kommen!«

Nun wurde es etwas ungemütlich, Alexander kreischte wirklich und wahrhaftig »Blasphemie!«, sprang auf und wollte dich mit seinem anklagendem Zeigefinger förmlich aufspießen. »Oh nein, wen wundert es, dass solch fatale Auslegungen ausgerechnet von dir vorgebracht werden, wo du ...«

Alles verschwamm vor meinen Augen, eisige Angst breitete sich in meinem Innern aus und lähmte mich komplett. Es war soweit, es würde ausgesprochen werden.

»Jetzt ist es genug!«, rief da der Regens und klopfte wütend auf seinem Tisch herum. »Wir gehen sofort in die Kirche zum Abendgebet, es ist längst an der Zeit! Ab sofort herrscht bitteschön Stille!«

Wir standen schweigend auf, nur manche Stühle ruckelten protestierend. Du warst an dem Platz stehen geblieben, wo du geredet hattest. Immer noch leuchtete es um dich herum. Ich wich deinem Blick aus, ich lief auch Jeremias davon, der mit mir zusammen in die Seminarkirche gehen wollte.

Dort kniete ich so wütend nieder, dass ich mir die Knie und Ellenbogen blau schlug. Ich konnte nicht beten, wollte aus der Haut fahren, die Holzbänke zerlegen.

Da ich meine Wut nicht am Regens oder an Alexander oder an der Kirche abreagieren konnte, richtete sie sich auf … Dich. Tief in meinem Inneren wusste ich: Du hattest recht. Du hattest brillant argumentiert. Aber was würde uns das kosten?

Irgendwie brachte ich die Psalmen, die Lesung und die Fürbitten hinter mich, doch drangen die Worte weder in mein Hirn noch in mein Herz und meine Stimme war zu belegt zum Singen.

XVII.

Nach der Vesper hatten du und ich uns im Ratskeller verabredet; wie so oft wollten wir des Abends unter seinen Gewölben aus glänzenden Gläsern Rotwein trinken.

Ich rannte fast über das gewaltige Plateau des Domhofs. Die schon fast hinterm Horizont verschwundene Sonne streckte huldvoll ihre sterbenden Strahlen über die alten Dächer und ließ das obere Drittel des Doms erstrahlen. So milde und sanft und kosend, als wolle sie dafür entschädigen, während des Tages die graue Wolkenwand nicht durchdringen zu können. Ich nahm es kaum wahr und verließ den Domhof. Die letzten Geschäfte schlossen ihre Türen, einige verspätete Passanten hasteten mit ihren Einkäufen in der zur Ruhe kehrenden Stadt umher.

Auf dem Marktplatz lief ich auf und ab und im Kreis. Der alte Brunnen sprudelte und die Gaslaternen fingen an zu glimmen, obwohl die Gestirne am Himmel das blaue Licht der Dämmerung noch nicht ganz vertrieben hatten. Wütend trat ich gegen Flaschen, gegen Steinchen und alles, was mir vor die Füße kam, sogar gegen die Luft.

Dann sah ich dich kommen, von weitem, sah deinen vertrauten Gang und dein Scheinen – wie immer schien es um dich herum bereits zu leuchten oder Licht zu werden. Du gingst wie immer und du lächeltest wie immer, offen und voller Vorfreude. An diesem Abend vergrößerte es die in mir brodelnde Wut, von deren Intensität ich überwältigt war und ich fand dein Lächeln dreist.

Du kamst heran, bliebst vor mir stehen, überrascht: »Warum wartest du draußen?«

Wolltest mich am Arm berühren, nur leicht, vertrauensvoll.

»Komm«, sagte ich und wich zurück.

Wir liefen durch die Straßen der Stadt. Es war dunkel geworden, wir hatten kein Ziel und ich sprach kein Wort. Ich sah es in dir arbeiten, von Zeit zu Zeit blicktest du unsicher zu mir herüber, suchtest meinen Blick. Noch war der Frühling trügerisch und ich spürte aufziehende Kälte durch meine Kleider kriechen. Wir liefen und liefen, vorbei an Kneipen, geisterhaften Läden und Bürogebäuden.

»Bitte, rede mit mir!«, sagtest du.

Ich blieb stehen, du tatest einen Schritt auf mich zu und wieder wich ich zurück.

»Du hast dich nicht an unsere Abmachung gehalten! Wir wollten so vorsichtig wie möglich sein! Wie kannst du nur so leichtsinnig die Aufmerksamkeit auf dich, auf uns lenken? Ich verstehe das einfach nicht!«, so brach es aus mir heraus.

In deinem Gesicht zuckte es und es tat mir weh.

»Was um Himmels willen sollen wir tun, wenn es jemand herausfindet? Alexander schnüffelt überall herum! Falls er etwas entdecken sollte, könnten wir immer dagegen reden und alle würden uns glauben und nicht ihm. Aber wenn du dich so verdächtig machst …«

Du bliebst stehen, staunend, mit leicht geöffnetem Mund. Wurdest sofort wieder ruhig.

»Jonas, glaubst du, das, was wir hier tun und leben, könnte ein Dauerzustand sein? Es könnte so weitergehen, die ganzen Jahre hindurch? Willst du das? Immer im Verborgenen lieben? Ich glaube, ich halte das nicht mehr lange durch.«

»Bisher sind wir doch ganz gut damit gefahren«, entgegnete ich.

»Es ist aber die Frage, wie lange das noch gut weitergehen kann, denn es zerreißt mich!«

»Dann sollten wir uns vielleicht eine Zeit lang nicht mehr treffen«, sagte ich, bevor ich überlegt hatte. »Bis sich alles ein wenig beruhigt hat. So einen Eklat hat es nicht gegeben, seitdem ich ins Seminar eingetreten bin.«

Stille.

»Ist das dein Ernst?«, fragtest du schließlich, leise.

»Ja«, sagte ich, fest.

Schweigend gingen wir zurück, trennten uns ohne weitere Worte noch vor dem Dominikanergang.

Der Mond war aufgegangen.

XVIII.

Liebe, Liebe! Liebe? Liebe.

Heute erscheint es mir unfassbar, wie ich damals reagiert habe. Was heißt unfassbar: Ich verstehe es - und dennoch … Ich kann es niemandem erklären, mir selber eigentlich auch nicht, aber ich konnte mich damals weder stellen noch Konsequenzen ziehen oder selbstbewusste Entscheidungen treffen.

Denn ich liebte dich und ich liebte die Kirche. Wir befanden uns in einer klassischen Dreiecksbeziehung. Was heißt klassisch? Ich verhielt mich überdies im doppelten Sinne falsch: a.) würde ich zölibatsbrüchig werden und b.) liebte ich obendrein (angeblich) gegen die Schöpfungsordnung.

War ich noch nicht gefestigt genug, war alles zu neu, sah ich meine Ideale schwinden? Hatte ich Angst davor, von Gott verstoßen zu werden? Gar in der Hölle zu landen, ewig verdammt?

Einmal versuchte ich in einer fremden Stadt im Beichtstuhl mit einem Priester darüber zu reden. Beichte heißt eigentlich Versöhnung, jedoch kamen mit polnischem Akzent gehauchte Fragen durch das Gitter: Sündige Gedanken, sündige Taten, ja, was denn für welche? Und wie oft?

Der Typ wurde übergriffig, er wollte wissen, in welchem Seminar ich studiere. Ich antwortete nicht. Er versuchte, durch die Gitter des Fensters zu mir herüber zu schauen, mich zu identifizieren. Ich stand auf, zog meine Kapuze über und floh aus der Kirche.

Seit diesem Erlebnis kann ich verstehen, dass Menschen der Kirche den Rücken kehren.

Als schwuler Priester bin ich Freiwild. Die Gesellschaft hasst Priester und die Gesellschaft hasst Schwule, Schwule hassen Priester und Priester hassen Schwule. Gleich zu zwei Minderheiten zu gehören, welche sich wiederum untereinander überhaupt nicht grün sind, ist überaus deprimierend. Denn mein Priester-Sein ist ein ebenso elementarer Bestandteil meines Selbst wie auch mein Schwul-Sein. Beides habe ich mir nicht ausgesucht. Ich bin von Gott so geschaffen, ich bin von Gott gerufen. Ich bin ein Mensch mit Fehlern.

Ich versuche, das große Ganze im Blick zu behalten, für meine Ideale einzustehen. Ich will ein guter Priester sein. Verleugne ich mich?

Nach unserem Streit konzentrierte ich mich ausschließlich auf das Studium, ich vergrub mich in den Büchern und mied, so gut es ging, die Orte, an denen wir uns allein über den Weg laufen konnten.

Ich sprach nur die nötigsten Worte, ich war wie ein menschlicher Roboter, nur noch Kopf, nur auf »Funktion« eingestellt.

Am schlimmsten waren die Mahlzeiten: Wie eh und je saß ich zwischen Jeremias und Alexander. Jeremias versuchte dann und wann, ein Gespräch in Gang zu bringen. Es widerte mich an, Alexanders Essensgeräusche zu hören, zu sehen, wie er seine Zunge vorschob, um die Speisen gierig in sich hineinzustopfen, wie er sich rücksichtslos die größten Portionen grapschte und schlang, ohne zu schlucken.

Und immer wusste ich dich an deinem Tisch sitzen.

Nachts meinte ich, dein Klopfen an meiner Balkontür zu hören, doch mein Gesicht spiegelte nicht dein Gesicht, sondern nur die Dunkelheit.

Was mich aber weiterhin erreichte, waren die nach wie vor anonym versendeten Briefumschläge mit einer Flut übler Verlautbarungen von Päpsten, Heiligen und Theologen, von normalen Geistlichen und fundamentalistischen Verlagen, von nicht studierten Bloggern und Journalisten: Alle beschäftigt mit der Liebe, die ihren Namen nicht zu sagen wagt. Verachtendes von Bernd Häring, Zynisches von Ranke-Heinemann, Pathologisierendes von Drewermann – von ihm, der sich so gerne als Kirchenkritiker und angeblich offener Geist gerierte und doch in dieser Frage unjesuanisch dachte – genauso wie Hans Küng, der dieses Thema in seinen selbstbeweihräuchernden Schriften fast vollkommen aussparte. Weiterhin fragwürdig Konstruiertes von Berger, Pauschalisierendes von Meves und sogar Zitate von der abstrus argumentierenden Kuby. Darüber hinaus Zitate von Bischöfen und Kardinälen aus aller Herren Länder, auch von Vertretern anderer Religionen, bis hin zum Dalai Lama, alle so uneinig und oft bis aufs Blut verfeindet in so vielem und doch vereint in ihrer lächerlichen Abscheu der Homosexualität.

Konnte überhaupt Ich damit gemeint sein? Unrecht, Sünde, Krankheit, all diese Behauptungen, die anklagend und oft auch voller Häme, Abscheu und Selbsthass zwischen salbungsvoll aufgebauschten Zeilen geiferten! Ich war befremdet über die Selbstgewissheit dieser »Christenmenschen«. Muss nicht Jesus diese Unbarmherzigkeit und Verlogenheit schmerzen? Oder tue ich ihm mit meinem Verhalten weh? Oder beides?

Längst waren die Samen des Zweifels in mein Herz gesät worden und sie waren nicht auf Stein gefallen, sondern begannen zu keimen und langsam aber sicher aufzugehen.

Ich fühlte mich so ohnmächtig – und verdrängte.

Irgendwann öffnete ich die Umschläge nicht mehr, sondern stopfte sie in meine Schreibtischschublade. Wer schickte mir diese Traktate, wer wühlte sich mit pathologischer Manier durch die Archive, um diese Machwerke aufzuspüren?

Äußerlich unverändert ging ich meinen Alltäglichkeiten nach, den Gebeten in der Seminarkirche, den Mahlzeiten im Refektorium, den Vorlesungen in der katholischen Fakultät. Ich arbeitete stundenlang in der Bibliothek, vertiefte mich in spirituelle und theologische Welten und ließ es gänzlich außer acht, mit ihrer Hilfe in mein Fühlen vorzudringen.

Gott schien zu schweigen.

Und immer diese Sehnsucht nach dir, besonders nachts und in stillen Momenten. Keinen Menschen gab es, dem ich mich anvertrauen wollte, ich wagte es einfach nicht. Sobald ich nur irgendjemandem gegenüber ein Wort fallen lassen würde, würde etwas durchsickern, das war klar.

Ich wollte niemanden, der Hoffnungen in mich gesetzt hatte, enttäuschen.

Und ich schämte mich, so und so.

Der Alltag pendelte sich auf diese gespannte Weise ein, die Tage des März vergingen und ein warmer, sommerlicher April hielt Einzug in die Stadt und in unser Seminar.

Jeremias hatte vor seinem Eintritt ins Seminar eine Freundin gehabt. Er sprach darüber, als wir in seinem Zimmer saßen, Milchkaffee tranken und Honigwaffeln aßen. Er hatte mich gefragt, warum ich so traurig aussehen würde, so still geworden wäre. Ich hörte ihm zu, leckte den Schaum des Milchkaffees von meiner

Oberlippe, zerteilte die Honigwaffeln, tunkte sie in den heißen Kaffee – und schwieg. Ich konnte nichts sagen, es ging nicht, alles war unaussprechlich für mich, viel zu tiefgehend.

»Ich habe sie wegen meiner Berufung verlassen«, erzählte Jeremias und löffelte braunen Zucker in seine Kaffeeschale. »Sie hat mich besser verstanden als ich mich. Ich konnte in unserer Beziehung nicht glücklich werden und der Ruf in mir wurde immer stärker. Da hat sie mich freigegeben!«

Er lachte und rührte in seiner Kaffeeschale.

»Du sieht, eigentlich hat SIE mich verlassen!«

Er leckte seinen Löffel ab. Ich antwortete nicht. Jeremias stand auf und legte eine CD ein, drückte auf »Play« und irgendwas von Kate Bush erklang, sie sang davon, sie habe noch nie ein Bild mit dem Lachen Jesu gesehen und sie glaube, er müsse ein wunderschönes, heilendes Lächeln haben. Nachdenklich blieb Jeremias neben der Anlage stehen.

»Für mich ist es schon ein Kampf. Nicht immer, aber in manchen Momenten. Es geht nicht nur um Sex, um den Trieb, nein, sondern auch um die Einsamkeit, die Sehnsucht nach Zärtlichkeit. Ein Kampf, der zuweilen zuviel Energie fordert, so dass ich das Gefühl habe, weder Raum noch Zeit für meine eigentliche Berufung zu finden, wenn du verstehst, was ich meine.«

»Zu jeder Liebe, zu jedem Leben gehört das Kreuz. Wir wollen immer Erfüllung und Vollkommenheit, können sie jedoch auf

Erden gar nicht erlangen. Immer funkt das Schicksal dazwischen, unser Kreuz!«

Jeremias betrachtete mich mit einem Anflug von Irritation und wollte eine Frage stellen, wurde jedoch von einem beharrlichen Summen abgelenkt.

Eine Biene hatte sich in sein Zimmer verirrt und flog mit sturer und immer größer werdenden Verzweiflung an der Fensterscheibe rauf und runter, die offene Balkontür daneben nicht wahrnehmend. Jeremias nahm ein Glas vom Schreibtisch.

»Es wäre für mich einfacher, wenn ich glauben könnte, dass der Zölibat nicht etwas von Menschen Gemachtes wäre oder wenn es einfach keinen Zwang dazu gäbe.«

Er stülpte das Glas mit einer Hand über die Biene an der Scheibe und griff mit der anderen nach einer Postkarte, die auf dem Schreibtisch lag.

»Der Zölibat ist etwas Heiliges und Gottgewolltes«, entgegnete ich, vielleicht eine Spur zu steif.

»Meinst du wirklich?«, fragte er.

»Natürlich!«

»Ach was!«

Er ging auf den Balkon und ließ die Biene frei. Benommen und etwas orientierungslos torkelte sie hier- und dorthin fliegend ins Freie, wurde zu einem schwarzen Pünktchen, verlor sich im weiten Blau des Himmels.

Jeremias kam ins Zimmer zurück.

»Petrus zumindest ist verheiratet gewesen«, sagte er. »In der Bibel wird eindeutig die Schwiegermutter des Petrus erwähnt. Die Einführung des Pflichtzölibats hat doch vor allem wirtschaftliche Gründe gehabt, wegen der Pfründe der Priester und so weiter.«

Wie oft hatte ich diese Diskussionen schon geführt, wie oft polemische Artikel darüber gelesen, wie oft diskriminierende Fernsehbeiträge angeschaut und wie oft mich hinsichtlich des Zölibats rechtfertigen müssen. Ich war es leid. Es schien für die Menschen nichts Wichtigeres in der Kirche zu geben als den Zölibat. Er erregte Anstoß in der heutigen, scheinbar durch und durch sexualisierten Gesellschaft. Er war schuld daran, dass es so wenig Priester gab, er war an den Missbrauchsfällen schuld, was wissenschaftlich und statistisch längst widerlegt ist, an unehelichen Priesterkindern und so weiter und so fort. Ich bekam Kopfschmerzen und ging in mein Zimmer.

Aschermittwoch und Gründonnerstag vergingen und noch nie hatte ich am Karfreitag so schmerzhaft die Leere des geöffneten Tabernakels und die Verhüllung des Kreuzes empfunden. In der Nacht zum Ostersonntag nahm das ganze Seminar an der vom Erzbischof zelebrierten Messe im Hohen Dom teil, wir versammelten uns mit den Gläubigen im Kreuzgang, wo es nach feuchten Steinen roch und die Flammen des Osterfeuers übermütig in der

Mitte des Innenhofes loderten. Ihr Licht brachte die romanischen Bögen zum Erzittern.

Nicht weit von mir standest du an eine der Säulen gelehnt. Ich fühlte deine schönen Augen auf mir ruhen – wenn ich nicht in deine Richtung blickte.

Leise wurde die Tür der Sakristei geöffnet und in einer nahezu lautlosen Prozession zogen in Dunkelheit und Weihrauch gehüllte Gestalten zum Feuer hin. Der Erzbischof segnete das Osterfeuer und entzündete die große Osterkerze, trug sie durch den Kreuzgang in das vollkommen dunkle Schiff der Kirche. Die Gemeinde folgte ihm.

Im Dunkel des Doms fing der Erzbischof zu singen an: »Lumen Christi«. Seine samtene Stimme füllte die Kirchenschiffe und die Gemeinde antwortete. Das Licht der Osterkerze wurde weitergegeben, bis ein jeder seine eigene brennende Kerze in den Händen hielt und die Kirche in sanftes Licht getaucht war, der Morgenröte gleich, von Ewigkeit und Hoffnung kündend.

Beim Friedensgruß drehte ich mich um und sah in dein Gesicht. Du reichtest mir deine Hand und ich ergriff sie.

Nach Messe und Osterfrühstück mit obligatorischem Hefezopf und gefärbten Eiern (den Mitbrüdern aus anderen Kontinenten war es sehr schwer begreifbar zu machen, was es mit einem Osterhasen, der obendrein Eier versteckte, auf sich hatte) saß ich in meinem Zimmer am Schreibtisch und konnte nichts tun.

Es klopfte. Du kamst herein.

»Ich habe von meinen Eltern ein wenig Geld bekommen und ich wollte seit langem wieder nach Rom reisen. Du wolltest doch immer nach Rom! Also lade ich dich ein, für eine Woche mit mir nach Rom zu fliegen. Ich weiß noch nicht wann, wahrscheinlich erst im Mai oder Juni. Du gehst keinerlei Verpflichtungen ein. Ich möchte uns noch eine Chance geben, weit weg vom Seminar.«

Du kamst zu mir herüber und drücktest deine Lippen auf meinen Mund.

»Ich liebe dich so sehr.«

Dann verschwandest du.

XIX.

In den auf Ostern folgenden Tagen und Wochen war das Studium an der Fakultät besonders anstrengend. Ein jeder stöhnte unter der quälenden Hitze; jeglichen Forschungsdrang und jede Begeisterung für fremde oder gestorbene Sprachen tötete sie ab, weckte hierfür jedoch andersartige »Begierden«, die wiederum »abgetötet« werden sollten (Originalton Kotulla).

Ich überquerte den Innenhof des Seminars und freute mich darauf, wenigstens kurz in das Blau des Schwimmbads einzutauchen. Im Schatten des prächtigen Kastanienbaums sah ich Alexander auf einer Bank sitzen. Seine Haarspitzen waren von Schweiß durchtränkt, sein Gesicht rot angelaufen; er starrte stumpf vor sich hin und seine Füße hatten tiefe Bahnen in den weißen Kies gescharrt. Neben sich, von Bienen und Wespen umkreist, stand ein fast ausgetrunkenes Glas Orangensaft. Ich wollte verschwinden, doch verspürte ich Mitleid und ging zu ihm.

»Setz dich!«, sagte er und patschte mit seiner Hand auf die Bank.

Ich blieb stehen.

Die Insekten umschwirrten das Glas, ließen sich auf seinem verklebten Rand nieder und krabbelten zum letzten Schluck Orangensaft.

»Kann ich etwas für dich tun?«, fragte ich.

»Nein«, sagte Alexander.

Eine Biene hatte sich zu weit in die Tiefen des Glases vorgewagt. Sie fiel in den klebrigen Nektar und zappelte um ihr Leben.

Alexander nahm seinen Terminkalender, deckte das Glas zu und betrachtete interessiert den Todeskampf der Biene. Angewidert riss ich das Glas von der Bank und schüttete seinen Inhalt über den weißen Kies. Mit verklebten Flügeln und zu Tode erschreckt kribbelte und krabbelte das vermutlich auf Lebenszeit traumatisierte Bienchen in rettendes Grün.

»Ja, ja, Ungeziefer retten!«, sagte Alexander.

Ich ging in mein Zimmer. Als ich aus dem Fenster sah, saß Alexander immer noch unbewegt auf seinem Platz, um ihn herum Orangensaft auf weißem Kies. Und noch mehr Bienen.

Am Mittwoch roch es in der ganzen Stadt nach Holunder und nach Kanalisation und wir beide schwänzten die Vorlesungen, fuhren mit den Rädern an einen See, den außer uns niemand zu kennen schien. Unser Weg führte uns durch die Wälder und Sonnentupfen besprenkelten uns.

Der See flirrte dunkelgrün zwischen den Bäumen. Leichte Windrosen säuselten auf dem Wasser und ein Teppich von weißen Pollen hatte sich schneegleich auf sanfte Wellen gelegt.

Du zogst dich aus und bliebst am Ufer stehen, deine Füße schon im Wasser, eine leichte Brise brachte die Trauerbuchen am anderen Ufer zum Rauschen und davor sah ich dich leuchten, deine schwarzen Haare, deinen Hals, deine Schultern, deinen geschwungenen Rücken, deinen Po, deine muskulösen Schenkel … du ließest dich vom Wind umspielen, du wichst ihm nicht aus und gingst ins Wasser hinein, ließest dich hineinsinken, ich konnte die Schönheit dieses Moments nicht fassen. Sah mich um, bevor ich mich entkleidete, dann ging auch ich nackt zum Ufer. Das Wasser war seidig und meine Füße versanken tief im weichen Boden, Steine kitzelten an meinen Fußsohlen. Mit einem Aufseufzen tauchte ich ein und schwamm hinter dir her, in die Mitte des Sees, die Strömung abwechselnd kühl und warm.

Ich sah deinen lichtumspielten Körper im grünen See, sah deine Hände durch die Pollen auf mich zukommen, spürte sie an meiner Schulter, dann wurde ich untergetaucht. Ich schoss wieder nach oben, schnappte nach Luft. Du lachtest übermütig, aber ich entzog mich deinem Griff.

Wir tobten durch das Grün und wie ein Schneesturm tanzten die Pollen über uns hinweg. Schimmernd schwammen wir ans Ufer zurück, gingen am See entlang, und es unkte im wogenden Schilf. An einem Platz, wo sich das Ufer wie eine kleine Terrasse zum Wasser hin ergoss, ließen wir uns nieder.

Und ruhten, du in meinen Armen, glitzernde Perlen auf deiner Haut, deinem schönen, wunderschönen Körper. Ich konnte nicht genug kriegen: Von dir, deinen liebevollen Küssen, deinen festen Muskeln und deiner männlichen Gewandtheit. Wir liebten uns, im Schilf.

Ich glaube, dies war der einzige Moment in meinem Leben, wo ich mich wirklich jung gefühlt habe, es war ein Gefühl, das zur Gewissheit wurde, vor allem im Rückblick. Jeden einzelnen Mückenstich betrachtete ich als Auszeichnung, ein Symbol für kaum zu ertragendes Glück und doch auch als Erinnerung daran, dass in jedes Glück, und sei es noch so vollkommen, bereits der Schmerz der Endlichkeit eingewebt ist.

Die Briefumschläge waren unwichtig geworden.

Dachte ich.

XX.

Denn am Morgen unserer Abreise nach Rom fand ich wieder eines dieser braunen Exemplare durch den Türschlitz geschoben. Ich erhoffte mir einen Hinweis darauf, von wem diese Papiere stammen mochten und riss den Umschlag auf, zog einige per Computer ausgedruckte Seiten hervor. Wieder eine bloße Auflistung von Äußerungen kirchenväterlicher, päpstlicher und/oder heiliger Christenmenschen zur Homosexualität, gefischt aus einem schier unerschöpflichem Reservoir.

Begriffe wie »unmoralisch«, »verabscheuungswürdig«, von tiefgehenden Störungen in der Schöpfungsordnung und so weiter. Die passende Reiselektüre.

Wieder begannen Zweifel um mein Herz zu schlängeln, doch wurden sie schließlich vom Reisefieber vertrieben. Ich zerriss die Elaborate und warf sie in meinen Papierkorb, zum ersten Mal!

Ergriff meine Reisetasche und meinen Rucksack, klopfte an deine Tür und beide liefen wir zum Taxi, das vor dem Seminar wartete und uns zum Flughafen brachte.

»Herzlich Willkommen in Rom!«, sagtest du und drücktest mir inmitten des überfüllten Terminals des Aeroporto Leonardo da Vinci einen Kuss auf den Mund.

Die Zeit stand still und ich meinte, die Gebäude des Flughafens müssten einstürzen, eine feixende Menge sich um uns herum bilden und uns steinigen, doch nichts geschah. Die irritierten Blicke, das spöttische Lächeln auf einigen Gesichtern, sie perlten an mir ab.

»Beim Betreten Roms wollte ich dir einen Kuss geben. Als erstes sollten wir uns hier küssen!«, sagtest du.

»Wir sind doch noch gar nicht in Rom, das ist doch nur der Flughafen!«, sagte ich.

»Dann bekommst du eben später noch einen Kuss!«

Immer schon hatte ich nach Rom gewollt. Dieser magische Klang in drei Buchstaben, so erhaben nach Ewigem klingend ... Zwischen Koffern stehend und von müden Fluggästen eingeklemmt, ratterten wir mit dem Zug in diese Verheißung. Die üblichen Vororte flogen in fahl verkommenden Farben an uns vorbei, unförmige Unterhosen auf den Wäscheleinen zwischen den Fenstern, verzweifelte Satellitenschüsseln auf den kleinen Balkonen.

An der Stazione Centrale Roma Termini stiegen wir aus. Wir überquerten den großen Vorplatz und wie hatte ich Italien riechen wollen, Oleander, Orangen, Oregano, doch nichts dergleichen war wahrzunehmen, vermutlich hatten immerhin die Abgase und der Uringestank eine ausgesprochen kosmopolitische Note. Oder nicht.

Du wiesest mich auf eine Christus-Statue hin, die hinter Dächern in den blauen Himmel ragte und all das Getümmel zu überwachen schien.

Zu Fuß erreichten wir das kleine Hotel, in dem du ein Zimmer gebucht hattest. Es lag in einer kleinen Nebenstraße, deren Namen ich mir schon damals nicht merken konnte, doch das Zimmer sollte ich nie vergessen. Es war ein bisschen verkommen, das Bad aber strahlend elegant. Ich wollte mich nicht ausruhen, es zog mich nach draußen, ich wollte alles sehen!

Du aber wolltest duschen – während ich schon gestiefelt und gespornt im Zimmer umhertigerte. Nach dem Duschen zogst du dich betont langsam an, schlüpftest in ein weißes Leinenhemd und in eine blau ausgewaschene Jeans, hieltest lässig deine Sonnenbrille in der Hand. Als ich sah, wie sich deine Muskeln unter den weißen Leinen abzeichneten, ja, da verschlug es mir den Atem, einmal mehr ...

Nachdem wir – nach einer gewissen Weile – doch noch einmal zusammen geduscht hatten, brachen wir auf. Wir liefen immer in Richtung des Petersdoms, es war leicht, seiner gewaltigen Kuppel zu folgen, vorbei am Trevi-Brunnen hin zum Pantheon, dann über die Piazza Navona. Wie das Leben hier früher ausgesehen haben muss, so fragte ich mich, so erzählten wir uns. Beim Anblick der farbenprächtigen Gerichte auf den Tellern der Restaurants und der genussvoll angerichteten Auslagen der Bäckereien lief mir das Wasser im Mund zusammen und ich hörte fasziniert auf die italienischen Sprachmelodien.

Ich war überwältigt: Dort auf dem Platz eine Statue von Michelangelo, in dieser Kirche zwei wundervolle Caravaggios, in dessen »Berufung des Heiligen Matthäus« ich mich immer wieder zu erkennen glaubte. Matthäus war für mich nicht der bärtige Mann mit Kopfbedeckung, sondern derjenige ganz außen am Tisch, derjenige, der den Kopf gesenkt hält, der, der dem Schein des Geldhäufchens vor sich auf dem Tisch mehr zu trauen scheint als dem Lichtschein Christi, der, der nicht wahrhaben will, dass er gemeint ist … Du glaubtest aber, der ältere Mann mit Mütze und Bart sei gemeint, sein auffallend muskulöses Bein verlor sich im Dunkel unter dem Tisch, und ich hielt wiederum dagegen, es sei nicht ersichtlich, auf wen der fragende Finger eben dieses Mannes gerichtet sei, auf sich selbst oder auf den jungen Mann vor seinem Geldhäufchen.

Irgendwann tat sich der Tiber vor uns auf und wir überquerten die Engelsbrücke und ich musste dich umarmen.

Deine Augen leuchteten und deine Haut schimmerte bernsteinfarben im Sonnenlicht. Gemeinsam fühlten wir uns so frei wie noch nie. Wir wichen den Souvenirhändlern mit ihren hässlichen kleinen Statuen und den gefälschten Handtaschen und Sonnenbrillen aus und gelangten zum Petersplatz, endlich.

Michelangelos Kuppel schien von hier aus hinter der mächtigen Fassade des Petersdoms zu versinken, die Säulengänge Berninis uns umarmen zu wollen.

Nachdem wir die Sicherheitskontrollen passiert und eine Schwulengruppe aus Brasilien beobachtet hatten, die aufgeregt schnatternd zwei scheinbar ungerührte Schweizergardisten fotografierten, erklommen wir die Stufen zum Eingangsportal, durchquerten die himmelhohe Vorhalle und blieben angesichts der schieren Größe der von Sonnenlicht durchfluteten Mittelschiffe abrupt stehen. Ästhetisch gesehen mochte der Dom teilweise fragwürdige Aspekte aufweisen, aber für dich und mich hatte dieser Besuch vor allem eine spirituelle Dimension, um die es in keinem Reiseführer ging. Nie habe ich eine so dichte und andachtsvolle Energie gespürt wie in der Kapelle der Anbetung. Dann standen wir vor dem Grab des Petrus, eines Menschen, der Jesus gekannt hatte, wussten all die heiligen Reliquien unter den Pfeilern der Kuppel, betrachteten die Cattedra und die Pieta von Michelangelo – und überall Touristen, Touristen, Touristen. Pilger? Wer weiß ...

Stunden später verließen wir tief berührt den Petersdom, der so schön, so geschmacklos und erlesen, so wunderbar und heilig, aufgeblasen und pompös, zerbrechlich und zart das Zentrum der katholischen Christenheit bildete. Als wir vor dem Portal auf die Stadt blickten, sprach uns ein älterer Geistlicher mit schlohweißen Haaren und dunkelbraunen Augen an. Er versuchte es auf italienisch, er hielt dich für einen Italiener und plauderte versiert. Woher wir kämen?

Du erzähltest von unserem Seminar und dass dies meine erste Reise nach Rom sei. Der Geistliche lächelte freundlich. Er sei Kardinal, an der Kurie, wie lange wir noch in Rom sein würden, ob er uns den Vatikan zeigen solle?

»Si, prego«, sagte ich – zwei meiner ungefähr dreißig italienischen Wörter.

Er lud uns für den kommenden Sonntag zum Tee in seine Wohnung ein. Wir könnten am Angelusgebet mit dem Papa auf dem Petersplatz teilnehmen und dann zu ihm kommen; er wohne ganz in der Nähe, im Borgo Pio, sagte er und reichte uns seine Karte.

Du sagtest »Grazie« und der Kardinal verschwand im Getümmel.

Um etwas zu essen, fuhren wir nach Trastevere und sahen im Abendhimmel riesige Schwärme von Staren wellenförmig durch die blassrosa Dämmerung prasseln. Ihre Ausscheidungen wiederum prasselten auf Autos, Straßen und Passanten nieder, aber das wussten wir nicht.

Müdigkeit hatte sich in deine Augen geschlichen und wir tranken Weißwein aus vor Kälte beschlagenen Gläsern.

»Du strahlst richtig«, sagtest du.

»Danke für alles«, antwortete ich.

»Für alles?«

»Ja, für mich kein Widerspruch«, antwortete ich und drückte mein Knie an das deinige.

Ach, wie schön es in Rom war …

XXI.

An unserem nächsten Italienmorgen erwachte ich früh und kuschelte mich an dich, meinen Prinzen, barg mein Gesicht in der Beuge deines Halses. Auf einmal musste ich daran denken, wie es wohl sein würde, wenn ich mich in zukünftigen Zeiten an diesen einen süßen und vollkommenen Moment erinnern würde. Ich seufzte auf, wohlig und melancholisch zugleich – und du antwortetest »Pscht!«

Es klopfte an der Tür und ohne eine Antwort abzuwarten wurde das Frühstück von einer resoluten Italienerin serviert, ein grünes Plastiktablett mit zwei Tassen überschwappendem Kaffees, süßem und überaus teigigem Gebäck, abgepackter Butter und Marmelade.

Mit der Metro fuhren wir zum Petersplatz, um an der heiligen Messe im Dom teilzunehmen. Kühles Morgenlicht brachte den taubengrauen Platz zum Aufleuchten.

Vier außerordentliche körperliche Erfahrungen sollte ich an diesem Sonntag in Rom machen, alle vier eindrucksvoll, alle vier auf die eine oder andere Art sinnlich, alle vier überrumpelnd:

Die heilige Messe fand vor der Cattedra Petri in der Apsis statt und wurde auf lateinisch gelesen, die Predigt auf italienisch gehalten. Der Gesang der Schola war herrlich und ich wünschte mir so sehr, eines Tages mit dir und all den Zelebranten am Altar eine Messe an diesem heiligen Ort zu feiern, du und ich und ich und du.

Ein alter, grauhaariger Priester mit großen Nasenlöchern und strengem Scheitel reichte mir die Hostie zur Kommunion. Als ich auf meinen Platz zurückgekehrt war und niederkniete, wurde mein Körper ohne mein Zutun von etwas durchfahren, das ich noch nie erlebt hatte, ungewohnt und wunderschön, auf sanfte Art gewaltig, so schwer in Worte zu fassen. Es kribbelte in meiner Herzgegend und dieses Kribbeln breitete sich aus und ich wusste mit jeder Faser von Körper, Geist und Seele, was es bedeutete.

Beim Angelus zeigte sich der Papst an seinem Fenster und ein Brausen ging durch die Menge zwischen den Kolonaden Berninis, aber es war nicht primitiv. Der fingernagelgroße Papst, immerhin auf Großleinwände übertragen, segnete die Menge. Und da rührte sich zum zweiten Mal etwas in meinem Herzen. Was ging da mit mir vor?

»Bin ich hysterisch?«, fragte ich dich.

»Nein«, antwortetest du, »nicht mehr als sonst.«

Wir lachten.

Aber auch du warst beeindruckt und auf nachdenkliche Art und Weise still geworden.

Du hattest keine Lust, den Kardinal zu besuchen.

»Ich würde mich viel lieber mit dir irgendwo hinsetzen und einen Espresso trinken. Es gibt noch so vieles, was wir uns anschauen können.«

»Wir sind ja noch ein paar Tage hier – und wir werden wiederkommen«, sagte ich (wir sollten nie wieder zusammen nach Rom reisen).

»Außerdem müssen wir ja nicht allzu lange bleiben!«, erklärtest du. Auch freuten wir uns nicht wenig auf Alexanders Gesichtsausdruck, sollte er von unserer Einladung erfahren. Er würde in Ohnmacht fallen.

Wir liefen lachend an den vatikanischen Mauern entlang, bis wir zur Porta S. Anna kamen, gingen jedoch nicht in den Vatikan hinein, sondern bogen in den Borgo Pio. Der Kardinal residierte in einem zugleich ansprechenden und repräsentativen Gebäude, auch im Treppenhaus bewegten wir uns über blanken Marmor und einladende Treppenstufen.

Eine freundliche, noch recht junge Haushälterin ließ uns ein und eine weiße Katze umstrich unsere Waden. Du plaudertest ein wenig auf italienisch mit beiden, während wir durch einen langen und hohen Korridor in einen Salon mit herrlicher Aussicht geführt wurden.

Der sehr aufgeräumt wirkende Kardinal trat ein. Seine flinken Augen glänzten freundlich und seine helle Haut erschien fast durchsichtig.

Er sprach englisch mit starkem Akzent. Die Haushälterin deckte flink den Teetisch mit hauchdünnem Porzellan und trug eine Ricottatorte mit Birnen auf. Mir lief das Wasser im Mund zusammen.

Als der Kardinal kurz den Salon verließ, um ein Exemplar eines seiner Bücher zu suchen, das er für uns signieren wollte, deutetest du kurz auf den Kuchen und meintest flüsternd: »Da hat sich das Kommen ja doch noch gelohnt.«

Ich grinste und stieß dir in die Seite.

Wir aßen und tranken und der Kardinal verstand es, keinerlei Befangenheit aufkommen zu lassen. Er konnte zuhören, ließ sich von unserem Studium berichten, fragte nach Plänen und Wünschen für die Zukunft. Mit seinen Fingerspitzen bildete er während des ganzen Gesprächs eine Kuppel. Wir traten an das Fenster, um die Aussicht zu betrachten, der Kardinal zwischen dir und mir. Auf einmal legte er seine Hand in meinen Schritt.

Er tat es so selbstverständlich, als würde er nach dem Zuckerlöffel oder dem Sahnekännchen greifen. Mein Blick wanderte erstaunt vom Gesicht des Kardinals zu seiner Hand zwischen meinen Beinen, ganz ruhig lagen sie da, als ob es die natürlichste Sache der Welt sei – ein Kardinalsring an meinen Kronjuwelen. Seine Finger begannen Knetbewegungen zu machen und sein Ring funkelte im Sonnenlicht.

In dem Moment drehtest du dich um und ich trat erschreckt einen Schritt zurück, ungläubig immer noch.

Der Kardinal plauderte weiter, so als sei nichts geschehen. Du riefst »Eminenza!«, und ich fand alles so absurd und lachte laut.

»We have to go now!«, sagtest du, vor Wut ins Englische gewechselt. Der Kardinal blickte uns nach, weder zornig noch reuend, nein, nur mild überrascht schien er zu sein, als hätte man ihm anstatt eines lieblichen einen trockenen Wein serviert.

Ruckzuck standen wir wieder vor der Porta S. Anna.

»Na siehst du, jetzt haben wir doch noch viel Zeit für uns«, sagte ich, immer noch lachend.

»Ist alles in Ordnung?«, fragtest du und ich beruhigte mich.

»Es war alles so absurd. Aber nicht das, was er getan hat, hat mich entsetzt, sondern der Ausdruck in seinen Augen, ein alter Mann auf der Suche nach etwas, was er nicht finden darf oder nicht mehr finden kann. Liebe? Nähe? Jugend? Es wirkte so hungrig und dermaßen unstimmig. Ich meine, was denkt er sich dabei, so etwas zu tun, und dann noch, um das Ganze zu krönen, mit Blick auf den Petersdom?«

Das Gesicht des Kardinals tauchte vor meinem inneren Auge auf und es schauderte mich. Ich dachte an all die Schriften in den braunen Umschlägen und an die Ausführungen von Alexanders Referat, auch aus den Schriften dieses Kardinals hatten sich viele Zitate auf den Bögen gefunden. All das scheinbar Kranke und Verachtenswerte schien in dem kleinen Vorfall in des Kardinals Wohnung eine Art von Bestätigung gefunden zu haben, denn es wirkte so … falsch.

Meine dritte »sinnliche« Erfahrung an diesem Sonntag. Ich hätte darauf verzichten können.

Wir beschlossen, uns den Vatikan auch ohne die kundige Führung Eminenzas anzuschauen, betraten die Vatikanischen Museen und liefen gleich zur Sixtinischen Kapelle. Auch sie kannte ich bisher nur aus Bildbänden. Gespannt betraten wir den Ort, an dem sich die Kardinäle zur Papstwahl versammelten. Auch unser spezieller Freund würde bei der nächsten Wahl seine Stimme für den neuen Nachfolger Petri abgeben.

»Stell dir vor, er wird es!«, sagtest du und ich war platt.

In einem Gewirr von verschiedenen Sprachen, Kameras und Handtaschen, Schweißgeruch und Schwaden von Parfüm waberten Touristenmassen um uns herum.

»Silenzio!«, erklang es immer wieder, so wenig Gespür der Menschen für das Heilige, das Große.

Ich richtete meine Augen zu der von Michelangelo ausgemalten Decke empor, entdeckte zwischen den schönen Ignudi und den Sibyllen und all den wuchtigen Szenen des Alten Testaments die Erschaffung des Adams in seiner makellosen Schönheit, in das Grün und Blau der Erde hineingegossen durch einen Fingerzeig Gottes.

Als Kontrapunkt an der Stirnseite der Kapelle Michelangelos Jüngstes Gericht, diese Urgewalt der Kunst. Im Zentrum Jesus Christus, der aus der Wand hervorzutreten scheint. Mit einer einzigen

Geste bestimmt er das Geschehen. Nur aufgrund winziger Wundmale ist er überhaupt als Christus erkennbar, er entspricht nicht der ikonographischen Tradition, sondern ist als Apoll dargestellt, dem Rächer unter den Göttern, also mehr oder weniger als Götze.

Hatte Michelangelo den Gottessohn nicht als unbarmherzigen Richter darstellen wollen, wie von Papst und Kurie in Auftrag gegeben?

Denn ein verzweifelter und erbarmungsloser Kampf hat eingesetzt, ein Strudel wirbelt durch das himmlische Blau des riesigen Freskos; er weht die nackten, muskulösen Körper der Seligen in den Himmel hinauf oder drückt die Verdammten in die Unterwelt herab.

Ungeflügelte Engel verkünden den Jüngsten Tag mit dem Schall der Posaunen und die Gesichter der Heiligen und Märtyrer um Jesus herum sind voller Angst und Fragen. Petrus etwa hält ihm seine Insignien, die Schlüssel des Himmelreichs hin - doch scheinen sie bedeutungslos geworden zu sein.

All das stürzte auf mich ein, die Attribute der Passion, das Kreuz von Golgatha, die Säule des Pilatus und die Dornenkrone Christi, von Engeln getragen, die mystisch drohende Hölle, aus der es kein Entkommen geben würde, und die Schönheit des heiligen Sebastian, ich wurde in dieses zwischen Gut und Böse kämpfende Tosen eingesogen, verspürte eine Urangst in mir, vor dem Abgrund, vor dem Nichts, vor dem Verlorensein, eine treibende, alles Gute und Schöne und Liebende auslöschende Urangst.

Und ich sehnte mich mit jeder Faser meines Wesens nach Erlösung, so sehr wie nie zuvor.

Das war die vierte körperliche Erfahrung an diesem Tag.

XXII.

Mein Priestersein führt mich oft an Grenzen. Die Fragen der Firmlinge etwa, wie ich es mit meiner Sexualität halte. Was soll ich ihnen antworten? Dass es mir immer schwerer fällt, damit umzugehen, je älter ich werde? Dass ich um verpasste Chancen zu trauern beginne, um die Hoffnungen, die vergeblich waren, die Liebe, die nicht geschenkt, nicht gelebt wurde, all das Vergangene, das nicht gewesen, all die Träume, die sich nicht erfüllten?

Und die Beichtgespräche, in denen es um Homosexualität geht, sie werden immer seltener, weil kein Mensch die Positionen der Kirche in diesem Bereich ernst zu nehmen scheint (außer solchen Leuten, die nicht davon betroffen sind, aber dafür umso dreister und heftiger auf die Einhaltung dieser Positionen pochen) – aber, was soll ich ihnen raten? Soll ich katechismusgetreu erklären, er möge seine Neigung annehmen, sie aber, bitteschön, unterdrücken und nicht ausleben? Dabei gar an die Leiden Christi denken? Wie sollte ich einem durch Gottes Atem beseelten Menschen deutlich machen, dass die Kirche zwar diese Sünde verabscheut, aber vorgibt, den Sünder zu lieben? Wird er das verstehen? Tut sie selbst das überhaupt? Nein, ich denke nicht: Es gibt kaum Seelsorgeangebote von der Kirche und wenn es welche gibt, werden sie von den üblichen klerikal faschistoiden Internetportalen und Bloggern angegriffen. Ja, die Vorbehalte vieler Christen gegen Schwule kann man nur als faschistoid bezeichnen, zu diesem Schluss bin ich nach langem Nachdenken und vielen Beobachtungen gekommen.

Ich schweife ab: Wenn also jemand so tief unglücklich und weinend im Beichtstuhl sitzt, kann ich ihn nicht, will ich ihn nicht, werde ich ihn nie von den Sakramenten ausschließen, nie!

Oder so?:

»Sie sind für uns nur akzeptabel, wenn Sie sich selbst als krank definieren, das müssen wir gemäß unserer Lehre von Ihnen verlangen. Wir haben das klar erkannt, natürlich, naturrechtlich, wir berufen uns auf die Geschichte von Sodom und Gomorrha und auf den Heiligen Paulus, obwohl wir eigentlich längst wissen, dass es bei diesen Bibelstellen nicht um homosexuelle Liebe im eigentlichen Sinne geht. Wie bitte, es sind zweitausend Jahre der Forschung vergangen? Wir halten aber trotzdem an dieser unserer Auslegung fest! Sollten Sie ihre Neigung ausleben, haben Sie Schuld zu empfinden, Schuld für etwas, was prinzipiell nicht in Ihrem Ermessen liegt, wie wir zugegeben müssen. So aber ist die Lage, es tut uns leid. Kommen Sie, so schwer ist das doch nicht! Wir Priester verzichten schließlich auch auf ausgelebte Sexualität!«

Ist das Kirche, kann das Kirche sein, kann die Kirche so etwas lehren? Oder folgt sie einfach dem vorurteilsbeladenen Mob?

Derlei Dreistigkeiten kann ich niemandem vor die Stirn knallen – und ich habe es nie getan. Nach solchen Gesprächen sitze ich noch lange allein im Beichtstuhl und es fällt mir schwer, meine Beherrschung nicht zu verlieren.

Nichts würde sich jemals ändern.

Oder gehen die gesellschaftlichen Entwicklungen zu schnell voran, zu schnell für die Kirche, die die Zeit in Jahrhunderten misst? Das wäre nachvollziehbar, aber es tröstet die leidenden Menschen nicht allzu sehr.

Zurück nach Rom:

Die Bilder Michelangelos brannten noch in meinen Eingeweiden, als wir uns wieder auf dem Petersplatz einfanden. Die Kolonnaden Berninis schienen näher und näher zu rücken und mich erdrücken zu wollen. Die Heiligen auf dem Dach des Petersdoms segneten nicht mehr, sondern ragten anklagend und eisig grau ins Himmelsblau.

Ich holte eine Flasche Mineralwasser aus meinem Rucksack, trank und trank und schüttete mir den Rest über den Kopf. Sofort wurde ich von einem Japaner fotografiert.

»Es gibt für uns keinen Kompromiss, nicht wahr?«, fragte ich.

»Ich habe viel mit mir gerungen, als du mich nicht mehr sehen wolltest«, antwortetest du. »Noch kann ich beides nebeneinander zulassen, auch wenn ich es schwer in Worte fassen kann, wir bewegen uns in Grauzonen. Wenn man sich die Kirchengeschichte anschaut, die Todesurteile der Päpste etwa … das war zu dem damaligen Zeitpunkt scheinbar in Ordnung, wir aber haben heute eine ganz andere Sicht darauf – und eine andere Meinung. Unvorstellbar, dass Jesus ein Todesurteil unterschrieben hätte. Kann es nicht in der Frage der Homosexualität genauso sein? Sie irren sich, sind nicht richtig informiert, zu sehr in ihrer Zeit verhaftet, auch wenn sie behaupten, die Ewigkeit im Blick zu haben! Ich kann ja nicht mehr tun, als in dieser Frage meinem Gewissen zu trauen. Ich weiß, ich kann unsere Liebe vor Gott verantworten. Ich empfinde sie als großes Geschenk … von ihm.«

»Aber wir wollen Priester werden«, sagte ich. »Also müssen wir zölibatär leben. Da ist doch gar kein ehrlicher Kompromiss möglich, wir können nicht in ihren Dienst treten, wenn wir zusammen sind. Was für ein Wahnsinn!«

»Ein kleines Beispiel: Das Jüngste Gericht von Michelangelo hat seinerzeit einen riesigen Skandal ausgelöst, überraschenderweise nicht so sehr wegen der fragwürdigen Darstellung Jesu als Apoll, sondern vor allem ging es um die Nacktheit der Figuren, ihre sichtbaren Geschlechtsteile. Daran nahm die Kurie Anstoß und sie ließen die anstößigsten Stellen von einem Schüler Michelangelos übermalen. Es geht um den jüngsten Tag, um Gut und Böse, um Ewiges Leben oder Verdammnis, auf künstlerische Weise, und sie sorgen sich um Höschen und Lendenschurze. Dabei sind wir nach dem Tod alle nackt und bloß, wir können nichts mitnehmen. Die heilige Katharina und der heilige Blasius wurden völlig übermalt, weil sich die Heilige in ihrer bückenden Haltung recht zweideutig ihm, der hinter ihr stand, zugewendet hat. Ihr Gesicht war seinem Geschlechtsteil bedenklich nah gekommen.«

»Dem heiligen Blasius?«

»Dem heiligen Blasius!«

»Und dieser Obelisk hier«, fuhrst du fort: »den hat Sixtus V. im Jahre 1586 aufstellen lassen. Das war ein so bedeutendes Ereignis, dass Bilder davon gemalt und Bücher darüber geschrieben wurden. Sixtus V.! Gleich am Tage seiner Krönung haben von ihm verfolgte Verbrecher an den Galgen auf der Engelsbrücke gebaumelt. Später ließ er einen Priester und einen jungen Italiener, einen Madonno, wegen homosexueller Unzucht auf dem Petersplatz verbrennen, obwohl sie beide gestanden hatten. Aber dieses Phallussymbol, diesen Obelisken, daran musste er sich aufgeilen!«

Beide blickten wir in den Himmel zur Spitze des gewaltigen Obelisken.

»Na ja«, meintest du trocken, »damals waren sie eben noch nicht unfehlbar!«

Wir verließen den Petersplatz und gingen die Via della Conziliazione entlang.

»Sie sind heute auch nur unfehlbar, wenn sie ausdrücklich die Formel »ex cattedra« sprechen!«, entgegnete ich müde. »Und das ist überhaupt nur einmal geschehen.«

»Nun, die Grenzen waren und sind durchaus fließend. Wir aber können nicht anders, als das in großen Zusammenhängen zu betrachten und auf unser Herz zu hören!«, meintest du schließlich.

»Weise Worte!«, entgegnete ich.

Wir waren wieder zur Engelsbrücke gelangt und es schauderte mich, als ich an die Gehenkten dachte.

Spätabends im Hotel lagen wir müde und erschlagen auf dem Bett und zappten durch das quietschbunte italienische Fernsehprogramm, blieben an einem Nachrichtenbericht hängen. Es ging um den Papst, der einen Staatschef im Vatikan empfing, beide umringt von Schweizergardisten und Kardinälen.

»Schau einmal, wen wir da haben!«, rief ich aufgeregt.

»Schon gesehen!«, entgegnetest du.

Unser Kardinal stand hinter dem Pontifex, schwarz gewandet, von der roten Schärpe umgürtet. Er sah aus, als könne er kein Wässerchen trüben. Nichts verriet etwas von einem inneren Sturm, sein Gesicht leuchtete geschliffen und glatt wie die Oberfläche eines wellenlosen Meeres.

Wir mussten unwillkürlich grinsen, ich entspannte mich dabei und sagte, schlussendlich habe doch immer alles zwei Seiten.

Du aber warst nachdenklich geworden.

»Weißt du, es ist eigentlich kein Wunder, dass der Papst in seinen Schreiben so deutliche Worte findet und mit Entsetzen, ja, mit einer Art von Panik reagiert. Stell dir vor, er muss ja wissen, dass dieses Thema bis in die höchsten Kreise ein heißes Eisen ist und die, die am heftigsten verdammen, zumeist ein Doppelleben führen. Und er hat es nicht anders gelernt, ist ein Kind seiner Zeit, auch wenn er vorgibt, hierbei in ewigen Begriffen zu denken. Die Kirche will die Sexualität schützen, was ja prinzipiell erst einmal gut ist und, wenn man sich die Menschheit anschaut, auch nicht unnötig erscheint. Was für ein Dilemma!«

XXIII.

Der Zug hält wieder einmal und ich werde aus meinen Erinnerungen gerissen: Unter großem Hallo stürmt eine Gruppe von neun oder zehn jungen Männern grölend und mit Ghettoblaster und Sechserträgern bewaffnet den Waggon. Da es sich um einen Junggesellenabschied handelt, muss der Bräutigam in spe allerhand über sich ergehen lassen: Er ist als Frau verkleidet, bereits mit einer blonden Perücke, künstlichen Brüsten (von denen die linke picassoartig fast auf seiner Schulter sitzt) und einem bunten Minikleid angetan. Rosa Strapse umspannen unförmige, halbgebräunte Heterobeine, schneiden ins Fleisch und erwecken durchaus unglückliche Schinken-Assoziationen.

Sie spielen irgendein Spiel, jede echte Frau im Zug muss eine Karte ziehen, worauf hin das Ensemble des künftigen Gatten mit ausgewählten Accesoires komplettiert wird. Die Mädels spielen mit, einige zwar verschämt, aber allesamt doch auf Vergnügen aus. Und die Jungen sind harmlos, auf Betreiben des Schaffners stellen sie sogar die Musik leiser, Dschinghis Khans »Loreley«.

Das Mädchen von dem Liebespaar mir gegenüber zieht eine Karte und die fleischgewordene Loreley (so nach und nach erkenne ich die Zusammenhänge) muss sich eine Federboa um den Hals legen. Ihr schwacher Protest (»Die kratzt!«) wird durch pseudoempörtes, unartikuliertes Grölen der Gruppe beiseite gefegt.

Schwankend ziehen sie an mir vorbei.

»Nicht unter den Rock gucken, Kollege!«, mahnt mich der Rädelsführer und ich muss lachen; ein Mann in Frauenkleidern kann mich nicht reizen.

Die Loreley darf die Boa trotz ihres nörgeligen Protests nicht ablegen und als Rache zieht sie den Rädelsführer an sich und drückt ihm einen Kußmund auf die Wange. Der Rädelsführer schreit »Hey« - und läuft rot an.

Aha.

»Ich will ein Sektchen«, flötet Loreley, der Bräutigam, »welche Dame trinkt denn morgens Bier?«

Die Leute im Waggon lachen.

Ein weiteres Mädchen zieht eine Karte und darf der Loreley blauen Lidschatten auflegen.

Ich frage mich, warum dies stets ein so großer Gag ist: Männer in Frauenkleidern. Frauen in Männerkleidern haben nicht denselben Effekt. Warum also tun die das? Eine Art bewusster Erniedrigung? Unterschwellig der Reiz, die Geschlechterrollen auszutauschen, bevor man(n) sich durch Hochzeit mehr oder weniger endgültig festlegt? Noch einmal alle Hemmungen über Bord werfen? Oder einfach so – in einer Zeit, wo eh alles Boulevard geworden ist?

Die Loreley betrachtet sich derweil ausgiebigst in der Zugfensterscheibe.

»Hach, ich würde mich die ganze Zeit selbst befummeln!«, ruft sie.

XXIV.

Früh am nächsten Morgen wurden wir in Rom durch das Klingeln meines Handys geweckt. Verschlafen erkannte ich die Stimme meines Bruders und wurde schlagartig wach. Wenn er mich anrief, musste etwas passiert sein.

»Du darfst dich nicht aufregen«, sagte er – und ich regte mich sofort auf.

Unserem Vater sei es in der Nacht sehr schlecht gegangen und er war ins Krankenhaus gebracht worden.

»Es ist besser, wenn du so schnell wie möglich kommst!«

Nie werde ich den Blick vergessen, mit dem du am Schalter in Rom hinter mir hergesehen hattest. Für dich gab es im Flugzeug keinen Platz mehr.

Nach einer schier endlos erscheinenden Reise kam ich in meiner Heimatstadt an. Mir war, als sei ich mit den Wolken am Himmel um die Wette gerast, in dem verzweifelten Versuch, zu gewinnen. Und nicht nur durch den Regen waren die Erinnerungen gekommen. Den Rosenkranz hielt ich die ganze Zeit in meinen

Händen, doch konnte ich kein Gebet sprechen, ich selbst war ein einziges Beten.

Ich ließ mich von einem Taxi zum Krankenhaus bringen, bezahlte und stieg hastig aus, rannte durch die lautlos zur Seite gleitenden Schiebetüren am Empfang und versuchte, mich im Schein der Neonröhren vor dem Krankenzimmer zu sammeln.

Ein orangefarbener Vorhang war über die eine Hälfte des Fensters gezogen, mein Vater sollte nicht vom grellen Sonnenlicht geblendet werden. Ich grüßte meine Mutter und meine Geschwister und trat ans Bett. Alle Ängste wurden zur Gewissheit.

»Hallo Vater«, sagte ich.

Er öffnete die Augen, war für einen kleinen Moment ganz wach und sah mich an. Dann sank er wieder in den gnädigen Dämmerzustand des Morphiums. Ich ergriff seine von der Kanüle durchstochene Hand, so schwach war sie, und ich versuchte, ihm Energie und Wärme zu senden, von Hand zu Hand.

So begann das Warten.

Immer wieder wurde er zwischendurch wach. Er riss Witze über das Piesacken der Ärzte, so leise, dass wir ihn fast nicht verstehen konnten.

»Es beruhigt mich … mein Sohn … ein Priester …«

»Ich werde ein guter Priester sein«, versprach ich.

Er wollte aufgesetzt werden, es ging nicht mehr, er war so schwach und schwer. Sein hellblauen Augen begannen in einem tiefen und schönen Dunkelblau zu strahlen, seine Pupillen größer und größer zu werden. Meine Mutter nahm ihn in die Arme.

Das rasselnde Geräusch seines Atems verstummte. Wir beteten.

Meine Mutter hatte den Vorhang zurückgezogen, die Abendsonne leuchtete mild ins Zimmer und im Baum vor dem Fenster gurrten die Tauben.

Und da lag mein Vater so still und friedlich, eben noch Mensch gewesen. Seine Seele war aus seinem Körper gewichen, aber sie war nicht erloschen, das spürten wir mit einer beruhigenden Intensität, es war paradoxerweise wie bei einer Geburt.

Doch irgendwann mussten wir nach Hause gehen, uns trennen, endgültig.

Wir begannen, die Habseligkeiten meines Vaters in seine Reisetasche zu packen, seine Brille, sein Rasierzeug und seine Hausschuhe. Die Bilder, die die Enkel für ihn gemalt hatten.

Und standen wieder stumm um sein Bett herum, konnten uns nicht losreißen. Ich küsste die Stirn meines Vaters und erschauerte angesichts ihrer Kälte.

Wir verließen das Krankenhaus. Ohne ihn.

Am Abend rief ich dich an.

Du warst auf dem Weg nach Deutschland, fragtest, ob du kommen solltest. Du wolltest kommen.

Ich verneinte.

Besser nicht.

Ich hatte noch nicht geweint.

Leichter Wind wehte über den stillen Friedhof – nur in der überfüllten Kapelle wurde »Air« von Johann Sebastian Bach gespielt, Musik, die mein Vater besonders geliebt hatte, und sein Sarg wurde zu Grabe getragen, vorbei an duftenden Buchsbaumhecken und weinenden Engelsstatuen.

Ich sehnte dich an meine Seite.

Einer der Sargträger rutschte aus, fiel fast ins Grab hinein und ich wusste, von wo aus mein Vater auch zuschauen würde, er würde lachen.

Nach einigen Tagen kehrte ich ins Seminar zurück, hatte aufgehört, Kind zu sein, fühlte mich gebunden an das Versprechen, das ich meinem Vater auf seinem Sterbebett gegeben hatte. Durch das Sterben der Eltern hat ein Mensch keine andere Wahl, als erwachsen zu werden … gewissen Dingen entwachsen.

Du standest am Bahnhof von Burggraf, ich sah dein Warten schon aus dem Zug heraus. Ich wollte mich in deine Arme fallen lassen, doch mussten wir uns beherrschen, wie immer, ich biss die Zähne zusammen und sehnte mich nach deiner Lebendigkeit.

Im Seminar gingen wir sofort auf mein Zimmer. Ich sah das Bild meines Vaters auf dem Schreibtisch und spürte deine Hand auf meiner Schulter, drehte mich um und endlich konnte ich loslassen, das angestaute Schluchzen sich befreien. Du hieltest mich in deinen Armen, bis ich ruhiger wurde und dich zu küssen begann, gierig deinen Atem trinken, dein Prickeln auf meiner Zunge spüren wollte … dein Leben!

Wie, um Himmels Willen, sollte ich dir von dem Versprechen, meiner Entscheidung berichten? War ich soweit? Würde ich jemals soweit sein?

Ein Luftzug wehte durch das Zimmer und die Papiere auf dem Schreibtisch raschelten. Ich achtete nicht darauf, doch blicktest du hoch und dein Streicheln versiegte abrupt.

Ich hob meinem Kopf, folgte deinem Blick und drehte mich um. In der Tür standen zwei Gestalten, der Regens und hinter ihm Alexander.

XXV.

Kein Wort haben sie gesprochen. Kotulla starrte uns an, voller Zorn, den er zwar zu beherrschen suchte, der aber dennoch aus jeder Pore seines zugeknöpften Wesens hervorquoll. Es hatte ihm die Sprache verschlagen. Oder war er geschult darin, seine Gefühle zu unterdrücken und aus Berechnung nichts zu sagen? Ich konnte es nicht einschätzen, empfand jedoch diese Stille als etwas sehr viel Erniedrigenderes als es etwa eine saftige Strafpredigt gewesen wäre. In meiner Magengegend spürte ich eine große Kugel aus kaltem Blei.

Nach einer schieren Ewigkeit begann Kotulla mit so gepresster Stimme zu sprechen, dass die Worte nur in seiner Kehle zu gurgeln schienen:

»Sofort kommen Sie in mein Büro, Christian! Und Sie, Jonas, werden in einer Viertelstunde folgen!«

Du standest widerwillig auf, warfst mir einen Blick zu, in dem so vieles mitschwang, Stolz, Liebe, Verwunderung und leichter Spott.

Winderzeugend drehte sich der Regens um. Mit einstudierter Attitüde wollte ihm Alexander folgen, doch bedeutete ihm Kotulla, bei mir im Zimmer zu bleiben.

Kotulla eilte den Gang entlang und du folgtest ihm, ohne Anstalten zu machen, dich seinem Tempo anzupassen.

Widerwärtig leise schloss sich die Tür hinter euch.

Still war es im Seminar, die Schritte von dir und Kotulla waren im Korridor verhallt. Ich setzte mich an meinen Schreibtisch und schaute auf den Hof hinaus.

»Du verstehst hoffentlich: Ich hatte keine andere Wahl, tat das alles nur zu deinem Besten. In brüderlicher Liebe und Sorge!«, sagte auf einmal eine Stimme hinter mir. Eine Hand grub sich in meine rechte Schulter und ich spürte, wie sich etwas an meine linke Schulter presste und hart wurde.

Von nun an schien sich alles in vielfacher Verlangsamung abzuspielen: Wie ich in das Gesicht Alexanders sah, meine rechte Hand zur Faust ballte, wie meine Faust in sein Gesicht fuhr und ich aus Ekel vor seiner glitschigen Haut erschauerte, wie sein Kopf zurückflog und Blut aus seiner Nase schoss und die Wucht des Schlages ihn gegen den Schrank schleuderte, er zu Boden sank.

Ich wollte ihm wehtun. Alles aus mir heraus und in ihn hinein prügeln.

Es läuteten keine Glocken und tönten keine Posaunen, aber als ich ihn so wimmernd am Boden liegen sah, seine Patschehände schutzsuchend erhoben, da verflogen Wut und Hass mit einem Mal und ich wollte ihm aufhelfen. Er zuckte zurück, als ich nach seinem Arm griff.

Dann erhob er sich langsam, wischte sich das Blut aus dem Gesicht und wankte zur Tür.

»Das werde ich Kotulla erzählen«, sagte er, schon wieder ganz der alte Alexander.

»Tu das! Und ich werde ihm erzählen, wie du seit Beginn des Studiums hinter mir hergestiegen bist, die ganze Zeit hindurch!«

»Denkst du etwa, er wird dir Glauben schenken? Ausgerechnet dir?«

Und er verschwand.

Ich wusch meine Hände.

XXVI.

Quälend langsam verstrichen die Minuten. Schließlich stand ich vor der großen Bürotür des Regens am Ende des langen Ganges und wusste nicht, ob ich an ihr klopfen oder einfach abwarten sollte.

Sofort vernahm ich erregte Stimmen hinter der Tür, ihre Schallwellen quollen immer klarer hinter dem dunklen Holz hervor.

»Sie haben während Ihres ganzen Lebens gelernt, dass praktizierte Homosexualität eine Sünde ist. Wenn man schon vor Erwachen des Sexualtriebs lernt, dass Sex etwas Schlechtes und Verabscheuungswürdiges ist, dann erfüllt einen der Gedanke an gelebte Sexualität, an körperliche Liebe natürlich sowohl mit Ekel als auch mit Schuldgefühlen!«

»Lassen Sie das Psychologisieren, davon verstehen Sie doch nichts! Es geht hier um viel mehr als Sie ahnen!«

»Nein, es geht hier um viel mehr als *Sie* ahnen! Sie wissen doch überhaupt nicht, wie sich wahre und wirkliche Liebe zu einem anderen Menschen anfühlt! Sie haben nur ein Zerrbild aus Büchern und Filmen vermittelt bekommen und der Verzicht hat bei Ihnen zur Abwertung geführt!«

»Sie sind ja vollkommen unerleuchtet«, fing der Regens an zu brüllen. »Wir wissen, was wir mit Ihnen zu tun haben! Und nun verschwinden Sie! So etwas wie Sie können wir hier nicht gebrauchen!«

Er hatte dich des Seminars verwiesen! Dich, der du so einfühlsam mit Menschen umgehen, der du so wunderbar und mitreißend predigen konntest, der du so erfüllt warst vom Leben und der Lehre Jesu. Deine Gaben würden den Gläubigen verwehrt bleiben.

Durch meine Schuld.

Nur weil du schwul warst.

Du kamst aus dem Zimmer heraus, schlossest die Tür, eine steile Falte zwischen deinen Augen. Du kamst zu mir herüber, wolltest etwas sagen.

Mit lautem Schwung aber flog die Tür sogleich wieder auf und Kotulla rief mit harter Stimme meinen Namen. Ich sah dir kurz in die Augen, du versuchtest, aufmunternd zu lächeln und ich ging ins Büro, vorbei an dem im Türrahmen wartenden Regens. Er warf die Tür ins Schloss, eilte an mir vorbei, wütend wehend seine schwarze Soutane.

»Setzen Sie sich!«, blaffte er.

Ich setzte mich vorsichtig auf den vor dem Schreibtisch stehenden Holzstuhl, verharrte auf seiner Kante, suchte mit beiden Fußsohlen Halt auf dem Boden.

Kotulla ließ sich hinter seinem mächtigen Schreibtisch nieder, sezierte mich über die Ränder seiner Brille hinweg, die Lippen geschürzt, die Fingerspitzen aneinander gelegt.

Ich wich seinem Blick aus und sah mich nervös im Zimmer um. Ein Gemälde des heiligen Pius X. blickte auf mich herab, Aktenordner und Bücher waren wild durcheinander und jeder ästhetischen Ordnung bar in ein Bücherregal gestopft, das fast bis unter die hohe Decke reichte. Ein Goldfisch schwamm in einem großen, runden Glas, allein und ohne Grünpflanzen.

»Sind Sie sich bewusst, dass Sie Schande über das Seminar, über den Priesterstand, ja, über die ganze Kirche gebracht haben?«, begann er mit leiser Stimme zu sprechen.

Ich wischte unter dem Tisch meine feuchten Hände an meiner Hose ab.

»Ich habe hier den Bericht eines Mitbruders, der seit geraumer Zeit Ihr Treiben beobachtet. Er hat von Ihren nächtlichen Aktivitäten auf dem Balkon und von gemeinsam verbrachten Urlauben geschrieben. Höchst verantwortungsvoll handelnd hat er mich erst in dem Moment informiert, als er sich absolut sicher sein konnte, was das alles zu bedeuten hat.«

Auf einmal schlug er mit gespreizten Fingern dreimal auf die Papiere, die vor ihm lagen. Ich öffnete meinen Mund, doch wurde ich sofort unterbrochen.

»Sind Sie sich im klaren darüber, dass Sie Ihren Mitbruder dem Priesteramt entfremdet haben? Sie wissen, es ist oft nur ein kleiner Schritt über die Schwelle, die uns zu tätigen Sündern macht. Sie haben diese Schwelle mutwillig überschritten! Sie haben Gott und das von ihm versprochene Amt beleidigt! Sie haben Ihren Leib und den der Kirche besudelt!«

Schweißtropfen hatten sich auf seiner Stirn und über seiner Oberlippe gebildet; jedesmal, wenn er ein Wort besonders betonen wollte, tat er dies mit krampfhafter Unterstützung seines gesamten Körpers. Er beugte sich zu mir vor und ich versuchte, auf meinem Stuhl soweit wie möglich zurückzuweichen.

»Ist der Mensch ein Tier, kann er seine Triebe nicht kontrollieren? Sie wissen es, Sie müssen Ihren Körper disziplinieren!«

»Aber wir haben ...«

»Ach, papperlapapp, das ist doch keine Liebe! Das sind verirrte, ja, ich möchte sagen, das sind kranke Gefühle, auch wenn die Gesellschaft uns heutzutage etwas anderes einzureden versucht! Es handelt sich hier doch eindeutig um ein medizinisches Problem!«

Ich öffnete meinen Mund, um zu protestieren – aber auf einmal war ich nicht mehr in der Lage, mich oder vielmehr uns zu verteidigen, ich konnte einfach nicht mehr. Zwar war ich mir vollkommen im klaren darüber, was ich dem Regens eigentlich zu entgegnen hatte, doch brachte ich kein einziges Wort mehr über meine Zunge – aus Angst? Vor Erschöpfung? Ich kann es nicht mehr sagen. Es ging nicht.

Plötzlich hatte ich das Gefühl, dieser Mensch hinter dem Schreibtisch, diese ganze Angelegenheit ginge mich eigentlich gar nichts mehr an und es war, als ob ich all die Geschehnisse nur durch eine

Schicht von Klebefolie oder durch dickes Glas wahrnahm oder von oben betrachtete.

Kotulla stand auf und begann, im Zimmer auf und ab zu gehen.

»Ich bin entschlossen, die Homo-Unterwanderung des Klerus aufzuhalten! Dieser Skandal darf nicht an die Öffentlichkeit gelangen! In den letzten Jahren hat es genügend Ärger diesbezüglich gegeben! Eine Homolobby wird es in meinem Seminar nicht geben!«

Er stemmte seine Zeigefinger in seine Schläfen und schloss kurz die Augen.

Dann fing er an, beide Finger nun mahnend erhoben, Löcher in die Luft zu stoßen und zu bohren.

»Die Kirche ist barmherzig«, so fuhr er währenddessen fort. »Sie tut alles, um verlorene Brüder aus dem Nebel zurückzuholen, und wenn sie noch so schwer gefehlt haben! Wir alle sind allzu schwache, allzu menschliche Wesen. Sie allein also müssen für sich entscheiden, ob Ihre Berufung wahrhaftig ist. Ich setze Ihnen hiermit eine Frist von einer Woche. Und wenn Sie danach zu dem Schluss gekommen sind, dass sie es ist, dann werden wir gemeinsam überlegen, wie wir Sie bis zur Weihe bringen können. Eine Berufung ist etwas, das man nicht so leichtfertig verschleudert wie Ihr Gespiele es getan hat. Wir müssen natürlich überlegen, ob wir den Kontakt zu ihm unterbinden. Ich möchte Ihnen da nichts vorschreiben, ich vertraue auf Ihre eigene Kraft und Einsicht.«

Ich vergrub mein Gesicht in meinen Händen.

»Ich bin der Meinung, wenigstens Sie könnten noch einsichtig werden. Überlegen Sie sich die Sache gut, denken Sie an Ihre arme Frau Mutter! Ich werde Ihnen zu gegebener Zeit die Beichte abnehmen. Jetzt können Sie bitte gehen.«

Als ich sein Büro verließ, war es viertel nach zwölf und die große Glocke des Doms läutete. Ich sah einen leichten Windhauch durch die Kastanie auf dem Hof wehen. Eine Amsel schlug an.

Keinerlei Kraft verspürte ich in mir. Wie betäubt machte ich mich auf den Weg in die Seminarkirche. So vieles, was auf mich einstürmte, dieses Tosen aus Widersprüchen. Waren all dies Zeichen, von Gott gesandt? Was sollte ich tun?

In der Seminarkirche wollte ich niederknien und konnte es nicht. Einer Ohnmacht nah durchstreifte ich ihre Lichtherrlichkeit, wollte Zuflucht beim Herrn suchen.

Noch konnte ich nicht fassen, was soeben geschehen war.

Wollte nicht wahrhaben, was sich in den letzten Tagen, in den letzten Stunden meines Lebens so einschneidend verändert hatte, unsere Reise nach Rom, das Sterben meines Vaters, seine Beerdigung, mein Versprechen, die bereits zwiegespaltene Freude über das Wiedersehen mit dir, jäh unterbrochen von Kotulla in der Tür, der durch mich blutende Alexander ... Das mir gestellte Ultimatum.

Alles lag wund vor mir und es gab nichts mehr zu beschönigen.

Mit uns würde es vorbei sein.

Mit meinem Wunsch, Priester zu werden, würde es vorbei sein.

Was hörte sich für mich gesünder an? Einfacher zu leben, logischer in der Folge, besser für alle Beteiligten?

Was für eine Entscheidung sollte ich treffen? Was für eine Entscheidung würde ich treffen? Was will Gott von mir, dass ich vor solch eine Prüfung gestellt wurde? Will Gott was von mir?

Habe ich das Recht, mich gegen mein Herz zu entscheiden?

Entscheide ich mich so nicht auch gegen meinen Herrn?

Plötzlich öffnete sich die Tür der Kirche und du kamst leise herein. Du flüstertest mir zu: »Komm zu der Bank im Kastaniengrund!«

Und ich empfand es als gut und richtig, dass mir jemand sagte, was ich zu tun hatte, nachvollziehbare Worte zu mir gesprochen wurden, da Gott schwieg.

Schwieg Gott?

XXVII.

Der Kastaniengrund war ein weitläufiger Park, der früher zu den Wehranlagen des mittelalterlichen Stadtkerns gehört hatte. Enten und Schwäne zogen wellige Triangeln ins Dunkelgrün des Grabens, Trauerweiden und Blutbuchen rauschten in Moll-Akkorden im Frühlingswind.

Es gab dort auf dem Wall eine Bank, auf der wir oft gesessen hatten. Verborgen lag sie im Schatten der alten Stadtmauer unter einer verknoteten Eiche; trotzdem bot sich von hier aus ein herrlich weiter Blick auf den Wassergraben tief unter ihr bis auf die große Ebene vor der Stadt hinaus.

Von weitem sah ich eine Entenmutter mit ihren Küken im Wasser in perlenhafter Prozession vorbeipaddeln. Plötzlich platschte eine von ihrem Herrchen von der Leine gelassene Hündin zu ihnen hin. Panisch stob die Entenfamilie schnatternd und piepend auseinander. Nur ein kleines Küken entkam nicht, verzweifelt versuchte es, dem schnappenden Maul des Köters durch Wegtauchen zu entkommen, währenddessen der Hundehalter am Ufer stand und mit antiautoritärer Stimme »Förster! Förster!« rief. Förster dachte aber gar nicht daran, zu gehorchen. Schließlich, nach quälenden Minuten, schwamm das kleine Küken tot im Wasser und die Hündin geruhte immer noch nicht, auf ihr Herrchen zu hören. Eine alte Frau, die gekommen war, die Enten zu füttern, schimpfte mit dem Hundehalter, der sie aber nur auf blöde Weise anzuschauen und wenig zu entgegnen schien, außer dass »so nun einmal die Natur sei« und »Förster so etwas normalerweise nicht« tue, er kenne sie genau und habe überdies alles unter Kontrolle.

Ich setzte mich auf die Bank, sprang wieder auf, setzte mich wieder - in mir keine Ruhe zu finden.

Dann kamst du.

»Ich will, dass das alles aufhört«, sagte ich. »Ich kann nicht mehr.«

»Er hat mich rausgeschmissen«, sagtest du.

»Ich weiß. Was sollen wir nur tun?«

Dann schwiegen wir, sehr lange, wir wussten nichts zu sagen - gab es was zu sagen? Ich sah und fühlte es in dir arbeiten. In mir hatte sich wieder diese Taubheit breitgemacht; weder wusste ich etwas zu denken, geschweige denn zu beschließen oder gar zu fühlen, alles war leer, barmherzig leer.

Die alte Frau war inzwischen laut schimpfend weitergegangen und Förster hatte sich endlich dazu bequemt, den Rufen ihres Herrchens zu folgen, durfte aber selbstverständlich weiterhin ohne Leine herumlaufen und einen großen Haufen mitten auf den Weg setzen.

»Ich muss heute noch meine Sachen packen.«

»Nein! Heute noch? Was willst du tun?«

»Keine Ahnung. Erstmal nach Hause fahren, mich sammeln, überlegen, was ich tun soll. Auf dich warten.«

»Es war ein bisschen viel in den letzten Tagen, nicht wahr?«, fragtest du nach einer kleinen Pause und legtest deine kühlende Hand in meinen Nacken, ganz selbstverständlich.

»Ja, und ich frage mich, ob ich mich die ganze Zeit irgendwelchen Trugschlüssen hingegeben habe. Ich habe geglaubt, gehofft, alles sei zu vereinbaren, ließe sich auf gute Weise klären. Ich habe uns schon gemeinsam eine Pfarrei leiten sehen. Man spinnt ja so rum und glaubt, im eigenen Leben verlaufe alles ganz anders und viel barmherziger als in der Literatur oder bei anderen Menschen.«

Ein anderes Entenpärchen kam raschelnd aus dem Gebüsch neben der Bank gewackelt. Leise schnatternd und auf verhaltene Art aufgeregt schauend watschelten sie zu einer großen Pfütze und tranken hingebungsvoll von dem klaren Regennass.

»Als hätten sie da unten nicht genügend Wasser«, sagte ich. »Christian, wenn ich mein Leben vor mir sehe, dann erblicke ich überall die Kirche, mein ganzes Leben hat sie bestimmt und wird es wohl auf ewig bestimmen und ich liebe sie. Sie ist mein Leben. Und ich sehe meinen innigsten Herzenswunsch, Priester zu werden. Was soll ich also tun? Wer kann mir antworten? Ich habe dich dem Priesteramt entfremdet und ich frage mich, ob ich in Gottes Plan eingegriffen habe, verstehst du? Ich habe mich auf etwas eingelassen, was so stark und wunderbar war, was ich aber nie hätte zulassen dürfen. Es gibt nur ein Entweder/Oder. Obendrein habe ich meinem Vater auf seinem Sterbebett ein Versprechen gegeben. Er ist beruhigt gestorben.«

»Gott hat seinen Plan bestimmt auch mit mir, mach dir um mich keine Sorgen«, entgegnetest du.

»Ich kann hier nicht weg. Es geht nicht. Für mich würde es sich so anfühlen, als würde ich alles verraten. Ich weiß nichts mehr!«

»Bist du dir eigentlich im Klaren darüber, was für ein Gottesgeschenk uns zuteil geworden ist?«, brach es aus dir heraus. »Dieses wunderbar Große ist mit uns passiert! Ist so eine Liebe nicht auch etwas Heiliges?«

»Ja, schon ...«

Erregt warst du aufgesprungen, die Enten schreckten gackernd auf und watschelten wacker, jeder Flaum und jede Feder empörten Protest ausstrahlend, zum großen Wassergraben die Böschung hinunter. Du gingst um die Bank herum, versuchtest, mir in die Augen zu sehen.

»Wie soll ich dich nur als Versuchung betrachten? Tust du das mit mir?«

»Nein, natürlich nicht ...«

Meine Blicke folgten den Enten und ich wunderte mich, warum sie nicht einfach ihre Flügel gebrauchten.

»Verstehst du nicht, Jonas, für mich kann es kein Zurück mehr geben, da ich diese tiefe Art von Liebe kennengelernt habe. Ich glaube, in dieser Kirche, die so etwas auf doch unfaire Art verurteilt, die mich so nicht will und nicht annehmen kann, in dieser Kirche ist als Priester kein Platz für mich – und vielleicht als Mensch auch nicht mehr.«

»Für mich ist diese Kirche zeitlebens meine Heimat gewesen«, sagte ich, endlich. »Ich kann ohne dieses Zuhause nicht leben.«

»Für mich bist du mein Zuhause geworden«, antwortetest du.

Hier würden sich unsere Wege trennen.

Oder sollte ich meine Sachen packen und mit ihm gehen? Zu ihm nach Hause oder ganz woanders hin? Froh darüber, bei ihm zu sein! ... Und dann? Mein Studium, meine Berufung, was würde geschehen? Was sollte ich meiner Familie sagen, wie sollte ich an das Grab meines Vaters treten - nur wenige Tage nach seiner Beerdigung bereits mein Versprechen gebrochen? Würde unsere Liebe diesem Druck standhalten?

Nein, ich wusste nichts mehr zu sagen.

Im Moment zumindest nicht.

Oder für ewig nicht?

Er hatte mich beobachtet, jeden Schatten in den Bewegungen meines Gesichts registriert. Und begriffen.

Er beugte sich zu mir, drückte mir einen Kuss auf den Mund, einen letzten Kuss, einmal noch durfte ich seine Wärme und seine Süße spüren, dieses Ertrinken, dieses Ernähren. Er umarmte mich. Ganz fest drückte er mich ein letztes Mal an sich, wieder und wieder tat er das; ein letztes Mal dieses Aufgehobensein, ein letztes Mal dieses Schmelzen und Schenken geschenkt bekommen.

Dann drehte er sich um und ging davon und ich stand da und blickte ihm nach.

Den letzten, allerletzten Blick seiner braunen Augen immer noch auf mir spürend, stand ich lange still und starr, dann ging ich hin zu der Eiche und begann, mit meinen Fäusten auf ihren geriffelten Stamm einzuschlagen, mir die Hände aufzureißen, bis sich die Finsternis eines Abgrundes vor mir auftat und ich hineinfiel und fiel und fiel und alles in mir und um mich herum schwarz wurde.

Es war das Nichts - so entspannend und wohltuend, so beängstigend.

Irgendwann fühlte ich Schmerz. Waren nur Sekunden, Minuten oder gar Viertelstunden vergangen? Ich schwebte im schwarzen Nirgendwo, das grau-weiß-gesprenkelt zu werden begann und fühlte nur Schmerz an meiner Stirn und an meinen Händen, sonst nichts, sonst war alles taub. Ich lag auf dem Boden, die Stirn an einer Eichenwurzel aufgeschlagen, auch meine rechte Hand blutete. Ich konnte mich nicht daran erinnern, zu Boden gefallen zu sein.

Und du warst nicht mehr da.

Alles schien in Gram versunken, die blasse Sonne pietätvoll ihr Antlitz verhüllt zu haben und auch die Bäume hielten inne, ihre Kronen und Äste gesenkt, ihre Blätter betrübt, alles Grüne und Blaue und Lichte schattig geworden. Denn du warst gegangen, das Zündeln unserer Seelen erloschen.

Mühsam richtete ich mich auf.

Das Blut auf meiner Stirn bereits trocken geworden, lief ich später, viel später durch den Dominikanergang. Die Splitter in meinen Händen schmerzten. Ich war beinahe dankbar dafür, mir wenigstens eine Art von Katalysator für meinen seelischen Schmerz beschafft zu haben.

Autos kamen mir entgegen, drei oder vier an der Zahl. Erst als ihr Lärm verklungen und ihre Abgase sich in die uralten Gemäuer zu fressen begannen, kam mir der Gedanke, du könntest vielleicht in einem dieser Autos gesessen haben und ich lachte laut.

Du würdest nicht mehr da sein, wenn ich ins Seminar zurückkommen würde.

Das war nicht zu fassen.

Hinter mir schloss sich das rote Tor.

XXVIII.

Lange würde im Seminar darüber gemunkelt werden, was geschehen sein mochte. Jeder Weggang eines Mitbruders ist für so eine kleine und geschlossene Gemeinschaft im Gepräge der Berufung ein einschneidendes Erlebnis. Ein Rausschmiss wie der deine, der existentielle Gründe gehabt haben mochte, war brutal in diese Welt aus Gebet und Studium eingebrochen. Alle (Alexander Milz wohl ausgenommen) hatten dich für einen idealen Priester gehalten – und taten es, den Eindruck hatte ich zumindest, immer noch: Mitfühlend, intelligent und zupackend bist du gewesen, charismatisch, hochgebildet, psychologisch einfühlsam – und dabei weiten Geistes und, dies und vor allem, wirklich berufen, nicht karrieregeil.

Ja, die anderen würden innerlich erschüttert sein. Stets würde leicht ratlos, mit einer ahnungsvollen Prise von Scham und, das muss zugegeben werden, auch Sensationslust über dein Verschwinden gesprochen werden – leise tuschelnd auf den Gängen des Seminars, auf dem Weg in die Seminarkirche, bei den Mahlzeiten und natürlich in der Universität. Stets würden die Gespräche eingestellt werden, wenn ich um eine Ecke gebogen kam oder mich an meinem Essensplatz niederließ. Doch niemand würde mich direkt ansprechen.

Meine Grenzen wurden akzeptiert.

Mit der Zeit würde ich dennoch lernen, über diskrete Anspielungen, bedeutungsvolle Blicke und verständnisvolles Schulterklopfen hinwegzusehen; mit niemandem würde ich über dich, über uns reden wollen; ich wollte weder Mitgefühl noch Bedauern ernten.

Jeremias kam zu mir noch an dem Abend, an dem ich blutig und sprachlos ins Seminar zurückgekehrt war, das Vespergebet geschwänzt hatte und nicht zum Essen, sondern gleich auf mein Zimmer gegangen war. Dort saß ich auf meinem Bett und starrte an grau werdende Wände und in den sich verdunkelnden Innenhof. Jeremias schaltete das Licht ein, ich zuckte zusammen und bemerkte seinen erschreckten Blick, gleich darauf verschwand er in seinem Zimmer und kam mit einer Schüssel warmen Wassers, mit Tüchern, Wundsalbe und Pinzette zurück und begann, mich zu verarzten. Ich ließ es geschehen und hoffte, er möge mich bald wieder in Ruhe lassen, ich wollte nur Ruhe, nichts weiter, nichts anderes konnte ich ertragen.

Er fragte nicht, er schwieg.

»Es ist nur ein Kreuzlein, das ich zu tragen habe«, brachte ich schließlich mühsam hervor. Er sollte nach einem kleinen Scherz klingen und misslang gründlich.

»Für den, der es zu tragen hat, ist es nie nur ein Kreuzlein«, widersprach er, stand auf und holte Pflaster aus meinem Badezimmer.

Wusste er Bescheid? Alarmiert richtete ich mich auf, doch drückte er mich sanft zurück, faltete behutsam die Finger meiner linken Hand auf, die ich schon die ganze Zeit über zur Faust geballt hielt und aus eigener Kraft nicht mehr öffnen konnte. Mit ruhigen Bewegungen schnitt er die Pflaster zu.

»Es ist immer schwierig, sich auf die Spiritualität unserer Religion zu konzentrieren, wenn der Geist in der Kirche nicht mehr zu blühen scheint – obwohl der Katholizismus ursprünglich all das vollkommen in sich umschließen kann und er diese wunderbare, weiche, gefühlvolle Seite hat. Viele Katholiken scheinen aber oft nur Funktionäre zu sein und keine Erleuchteten, sie sind vollkommen uncharismatisch in ihrem Handeln und Sein und pharisäerhaft in ihrem Denken, kommen zumindest in der Öffentlichkeit so rüber – und überaus verklemmt. Und die Laien finden immer nur, der Klerus solle alles besser machen ...«

Ich zuckte zusammen, als er einen großen Eichensplitter aus meinem Handballen zog. Immer wieder krallte sich meine linke Hand zusammen.

»Darum aber bin ich hier – und ich glaube, du auch«, sagte er. »Ich glaube, dass so einer Art von lebendiger Kirche erstens möglich und zweitens überlebensnotwendig ist.«

Er klebte ein Pflaster auf die Wunde, die wieder zu bluten beginnen wollte und begutachtete seine Arbeit.

»Du kannst mit mir reden, über alles. Ich bin noch kein Beichtvater, und dennoch: Ich würde dich nie verurteilen!«

Ich nickte.

Er erhob sich.

»Komm zu mir, wenn du reden kannst, reden willst!«

Er wartete noch eine Weile, umarmte mich – und ging, zögernd.

Ich konnte nichts sagen. Ich dachte nur an dein verlassenes Zimmer.

XXIX.

Der Sommer hatte seinen Höhepunkt überschritten.

In der auf dein Verschwinden folgenden Zeit sah ich meine Bücher und Notizen an und fragte mich, was ich da eigentlich tat. Beim Beten in der Seminarkirche fühlte ich eine große, innere Ödnis und die Psalmen rauschten an meinen Ohren vorbei.

Hatte diese Kirche noch etwas mit dem zu tun, was ich unter dem Begriff »Kirche« liebte und leben wollte? Konnte eine Kirche mit Hirten wie Kotulla oder Alexander, trotz der Trennung von Amt und Person (!), der mystische Leib Christi sein? Konnte ich die Übergriffigkeit ihres Personals von allem anderen trennen oder gingen die Verletzungen zu tief?

Bei aller Trauer haderte ich mit Gott, ich litt und wusste dennoch, ich kann nur auf ihn bauen, immer – auch wenn es nicht den Anschein haben sollte. Ich vertraute, wenn auch »nur« gedacht, nur unbewusst gefühlt - anders kann ich es nicht beschreiben.

Mir selbst, seinem Ebenbild, schien ich nicht mehr trauen zu können und das verkomplizierte die ganze Sache ungemein.

Manchmal wünschte ich mir, ich wäre nicht schwul. Es schiene alles so viel einfacher zu sein. Zwar kenne ich Frauen, die es darauf anlegen, einen Priester herumzubekommen, aber mit denen würde ich auch so fertig werden. Ich befände mich im Einklang mit der Lehre der Kirche bezüglich der Homosexualität, im Naturrecht, entspräche ihrem Schablonenbild des Katechismus und ihrer Auslegung der Bibel.

Wäre das nicht wunderbar?

Ich müsste nicht die ganze Zeit über das Gefühl haben, etwas stimme nicht mit mir – oder gar mit meinen Genen, oder dass in meiner Erziehung etwas falsch gelaufen sei. Es wäre alles soviel einfacher!

Ich würde dazugehören und auch das dementsprechende Glücksgefühl haben. Nicht mehr schräg angesehen werden, belustigt oder misstrauisch, keine geheuchelte Political Correctness oder, noch schlimmer, geheuchelte Nächstenliebe ertragen müssen.

Ich weiß, so ein ist Wünschen unsinnig, aber dennoch sehn(t)e ich mich manchmal danach, es wäre so.

Einfach so. So einfach.

Ich müsste in der Kirche nicht mehr das schale Gefühl haben, eigentlich nicht dazuzugehören, an der Freude, an den Gnaden, an der wunderbaren Frömmigkeit, an der Gemeinschaft, an ihrer Schönheit nicht teilhaben zu dürfen.

Es ist, als würde man einem Linkshänder sagen, seine Veranlagung sei falsch und er möge doch bitte lernen, seine rechte

Hand zu gebrauchen – jedermann weiß heutzutage, was dabei herauszukommen pflegt - aber, ha, das würde ich nicht gelten lassen!

Wenn ich nicht schwul wäre, könnte ich einfach keusch leben, weil ich dazu berufen, und nicht, weil ich dazu verdammt wäre. Ich würde dieses Gefühl loswerden, nicht gewollt zu sein, ich könnte zu denen gehören, die sich selbstgefällig in ihrem Heterosein suhlen und mit lauter oder leiser Genugtuung und erhobenem Zeigefinger auf die armen Schwulen herabschauen, die so jämmerlich darauf pochen, auch Geschöpfe Gottes zu sein, genauso wie auf ihr Recht zu lieben, und die sich die Bibel zurecht biegen wollen. Das Recht wäre auf meiner Seite - wie überaus beruhigend.

Ich würde Verständnis dafür äußern, wenn katholische Nonnen einen schwulen Mann nicht in ihr Altersheim aufnehmen wollen, da dieser noch einen Lebensgefährten hat. Ich würde mich zwar bemühen, den Schwulen Takt, Mitgefühl und so weiter angedeihen zu lassen, ihnen ihre Entfaltung aber nicht zuzugestehen. Ich würde dabei nonchalant übersehen, wie viel gerade schwule Jugendliche zu leiden haben, ganz besonders die Gläubigen. Ich würde höhnen, wie gern sich Schwule selbst als Opfer und Diskriminierte stilisieren, wie ihnen das nahezu tagtäglich in »katholischen« Blogs unterstellt wird (lustigerweise von Bloggern, die vornehmlich allein leben, nicht freiwillig zölibatär, sondern quasi gezwungenermaßen).

Und als Priester müsste ich ihnen sogar Christus, seinen Leib, die Hostie verweigern.

Aber so ist es mit der Wahrheit.

Und manchmal wünschte ich mir, ich wäre kein Katholik, kein Christ. Ich würde auf diese armen Irren herabschauen, sie hassen, weil sie mir so vollkommen lächerlich anmuteten. Ich würde ihre Werke der Barmherzigkeit und der Nächstenliebe nicht anerkennen wollen, sie diskreditieren, wo es nur eben geht. Ich würde in den Chor der Mainstreammedien einfallen und mich der Schwarmintelligenz des Pöbels anschließen, die »fucking catholics« beschimpfen. Ich würde es als Zeichen der Meinungsfreiheit abtun, wenn der Papst aufs Schlimmste verspottet wird, schweigen, wenn Kirchen beschmiert und angezündet werden, es schlicht und einfach ignorieren, dass Christen weltweit die am häufigsten religiös Verfolgten sind. Ich würde all die hoffnungsvollen Zeichen, die sich an der Basis und bei immer mehr Geistlichen hinsichtlich ihres Umgangs mit Schwulen erkennen lassen, als absolut hirnrissig und nutzlos abwerten und infolgedessen einfach mal das ganze Christentum an sich diskreditieren, nicht anerkennen wollen, was es alles Positives für die Weltgeschichte geleistet hat.

Ich würde in die schwule Szene eintauchen, die so schrill, laut, sentimental – und meistens anonym ist.

Ich würde auf meinen Körper fixiert sein und ihn modellieren, um begehrenswert zu sein, denn sonst würde sich niemand für mich interessieren. Es ginge nur nach dem Äußeren für mich, es ginge nur um meine Triebbefriedung … und ich würde mich damit rechtfertigen, dass Heteros schlussendlich auch so seien.

Und da jeder einen Gott oder einen Glauben braucht, viele aber behaupten, eben dies nicht nötig zu haben, würde ich mir, genau wie sie, Ersatzgötter suchen, einen Hund oder zwei Katzen, eine Sammlung oder mein Smartphone, Astrologie oder Sport, Barbra Streisand oder Beyoncé, oder, natürlich, Sex. Sex als reinen Selbstzweck, der nichts gibt, nichts schenkt, nichts und niemanden meint, und auch die Leere in mir schlussendlich nicht wegbumst.

Ich würde meinen hemmungslosen Narzissmus und Hedonismus ausleben und genießen, muskulös, gestylt, in Markenklamotten und mit uniformen Haarschnitt und Bartwuchs; meiner Wohnungseinrichtung würde ich mehr Pflege und Zeit und Kreativität widmen als meiner Seele, panische Angst vor dem Altern haben.

Und bei all dem würde ich mich frei und intelligent und mutig fühlen, angekommen im Hier und Jetzt. Ich würde alles glauben, was ich denke, aber vorgeben, keinen Glauben zu haben.

So weit die Klischees. Klischees helfen wenig.

Ich schwebe zwischen den Stühlen.

Ein klassisches Dreieckverhältnis: Man kann sagen, dass Gott – oder »nur« die Kirche, das hört sich nicht so groß an – zwischen uns gestanden hat. Und nicht nur ich, sondern auch du hattest mit der Kirche eine Art von Liebesbeziehung. Wir beide liebten diesen »Dritten« so sehr, es wäre eigentlich nicht ungünstig … doch ging es um die Art der Offenbarung Gottes, an die wir als Christen glauben. Nirgendwohin konnten wir verschwinden, um diesem Zwiespalt zu entfliehen, nicht einmal in den Tod. Gott und seine Kirche waren und sind überall, auch dort. Vor allem aber in unseren Herzen (von den Köpfen ganz zu schweigen) und in meinem ganzen Leben und in meinem ganzen Sterben.

Eigentlich eine Art von Familie. Zwei Liebende und ihr beider Vater. Es hätte alles so schön, so vollkommen sein können.

Jemand wie Kotulla würde dies nicht verstehen.

XXX.

Und der Dornenvogel zwitschert immer noch leise … Ich lächle. Wenn ich an die Dornenvögel denke, muss ich immer lächeln, ich höre im Geist die kitschige Titelmelodie der Fernsehserie, aber sie will nicht zu uns passen. Als Teenager habe ich diese Serie gesehen. Die Traurigkeit war immer irgendwie schön in dieser Geschichte, es ist eh nur eine Geschichte, aber die Sonnenstrahlen, die sphärisch in den Speicher von Drogheda fallen …

Ich schrecke hoch: Ein schwer ins Mikrofon schnaufender Schaffner kündigt die Domstadt Köln an und ringt sich diese Erklärung auch noch auf Englisch ab. Alle kichern.

Der Zug überquert den Rhein auf der Hohenzollernbrücke mit ihren Liebesschlössern, sie werden sie eines Tages zum Einsturz bringen; dann dringt er in den Hauptbahnhof ein. Ich steige aus, lasse mich vom Gewühl der Menschenmenge durch den dunklen Bahnhofsuntergrund treiben, ihre Masse und der rohe Lärm setzen mich für einen Moment außer Gefecht, und schon geht es nach draußen.

Auf einmal stehe ich vor dem Kölner Dom, diesem Stein gewordenen Klang der Sphären. Ich gehe hinein und mein Kopf wird in den Nacken gerissen durch die filigrane Höhe des sich zum Himmel streckenden Chores, dessen Sehnsucht durch die Zartheit des einfallenden Lichtes verklärt wird.

Dieser jahrhundertealten Würde können auch die aufgeregt schnatternden Touristen nichts anhaben, die mystische Atmosphäre kann weder durch die Blitze der Kameras, noch durch pietätlose Artgenossen zerstört werden, die mit Coffee-to-go-Bechern durch die Kathedrale latschen - oder durch den kaum gebändigten Zorn eines Moslems, als ich mich mit Weihwasser bekreuzige, nein, die Kirche ist zu groß.

Mechanisch zünde ich eine Kerze vor der Schmuckmadonna an, ich weiß gar nicht, wofür, aber ich muss es einfach tun, ich zünde immer eine Kerze an.

Und es ward Licht.

»Die Sonne scheint! Lassen Sie uns einige Schritte in der frischen Luft tun!«

Der Tag war gekommen, an dem ich Kotulla meine Entscheidung mitteilen sollte – die längst gefallen war, schon ein Leben lang. Eine Woche lang hatte er mir Zeit gegeben, um diesen für mich so lebenswichtigen Entschluss reifen zu lassen. Und nun führte er mich fast leutselig über das Domplateau zu dem Friedhof hin, der sich an der Ostseite des Doms schutzsuchend an die romanischen Mauern barg. Als wollten sie mit ihm verschmelzen, standen uralte, von grünem Moos umwitterte Grabsteine an den Dom gelehnt, Blumen wucherten duftend zwischen grünen, akkurat geschnittenen Buchsbaumhecken hervor und schmale Kieswege unterteilten an der Erdoberfläche die Gräber, während doch in der innerirdischen Ewigkeit schlussendlich alles zusammenfallen und zerschmelzen würde.

Auf mitunter gespannte Art und Weise gab Kotulla zuweilen die Wegrichtung an, dann wiederum sah ich mich aufgrund der örtlichen Begebenheiten gezwungen, voranzugehen – um kurz darauf pflichtbewusst stehen zu bleiben und ihm, meinem Regens, wieder den Vortritt zu lassen.

Er kam nicht direkt auf die Vorfälle zu sprechen, nein, er wollte – geschickter Seelsorger, der er zu sein meinte – erst einmal Herz und Zunge lösen und Beklemmungen verschwinden lassen. So deutete er überaus ungezwungen mal auf diesen, mal auf jenen Grabstein: »Von diesem Pfarrer haben Sie doch bestimmt schon einmal gehört?«, und dieser Küster dort, der hätte in den Bombennächten heldenhaft versucht, denn brennenden Dom zu retten!

Ich nickte hier und da zustimmend, gab zu, mit dem Werk und Leben von Menschen vertraut zu sein, von denen ich nur flüchtig gehört hatte, um endlich wieder meine Ruhe zu haben.

»So«, Kotulla blieb unvermittelt stehen und schaute mich an. »Zu welchem Schluss sind Sie denn nun gekommen?«

»Ich bin der Meinung, dass Gott mich braucht und hier will. Ich will seinem Ruf weiterhin folgen. Und ich glaube, ihm nur als katholischer Priester wirklich und wahrhaftig folgen zu können. Dies ist mein Weg.«

Kotulla schien erleichtert zu sein, natürlich.

»Ihnen ist ja bekannt«, teilte er mir verständnisvoll mit, »dass homosexuelle Neigungen unter gewissen Bedingungen auf eine Pseudo-Berufung hindeuten können? Wir müssen nun herausfinden, ob das bei Ihnen der Fall ist. Prüfen Sie Ihr Gewissen, prüfen Sie jeden Tag Ihre Gedanken, Worte und Werke. Ich werde Ihnen selbstverständlich tatkräftig zur Seite stehen und Sie mit entsprechender Lektüre und angemessenen Aufgaben zu versorgen wissen. Wir dürfen all das, was geschehen ist, niemals einfach mit dem Mantel der falsch verstandenen christlichen Nächstenliebe verdecken und gut sein lassen. Ah, hier, Propst Poppo, langjähriger Domherr von Burggraf! Dies hier ist natürlich nur sein bloßer Grabstein, denn die meisten Kanoniker und Domherren liegen im Kreuzgang begraben.«

Einzelne weiß-gelbe Haarsträhnen wehten wuselnd um seinen kahlen Schädel, Kotulla blieb stehen und hielt mahnend seinen rechten Zeigefinger in die Friedhofsluft, so als wolle er prüfen, aus welcher Richtung der zu tadelnde Wind zu wehen wagte.

»Gott hat Sie geprüft!«, erklärte er selbstgewiss.

Ich sagte nichts … wenn er es meinte! Wenn er es wusste!

Während dieses ganzen Treffens verspürte ich zwar mehr als einmal den Wunsch, den Regens einfach zwischen den bemoosten Grabsteinen stehen und gut sein zu lassen, doch war ich während der vergangenen Woche zu dem Schluss gekommen, *ihn* als Prüfstein auf dem Wege meiner Berufung zu betrachten.

»Homosexualität ist eine Schattierung, ähnlich der des Stotterns oder anderer Behinderungen! Aber es gibt Heilungsmöglichkeiten! Denn wenn Sie Priester werden wollen, müssen Sie Gott wahrhaftig in Ihr Herz lassen, woran Sie aber diese Schattierung schließlich hindert! Sie empfinden das doch sicherlich auch so, nicht wahr?!«

Nein, das tat ich in keinster Weise. Aber ich wollte Gott in mein Herz lassen, wollte gesunden (vielleicht nicht in dem Sinne, wie Kotulla es meinte), wollte Wege aus meiner Verwirrung finden. Meine »Schattierung« hatte ich nie als Krankheit wahrgenommen, was für eine Anmaßung!

Ja, also, ich sollte lernen, wie ein normaler und gesunder, junger Mann zu empfinden … um dann ein zölibatäres Leben führen zu können.

Aber ich würde Priester sein.

Sprühende Regentropfen hatten sich schleierartig über den Friedhof ausgebreitet, benetzten mein Gesicht, die Grabsteine und die Blumen und den Kies.

»Strikte Disziplin wird Sie vor einem pathologischen Rückfall bewahren«, erklärte Kotulla, er schritt unbeirrt voran und fing an, mich mit Aussagen über das schwule Leben in den Städten zu füttern. Gut informiert ist er gewesen. Er sprach von der geringen Lebenserwartung schwuler Männer, sowohl wegen der bekannten, übertragbaren Krankheiten als auch aufgrund des »falschen Körpergebrauchs«, wie er es mit verkniffenem Mundwinkel nannte.

»Aber halt«, rief er da, abrupt stehen bleibend, knirschender Kies unter seinen Sohlen, »wir wollen nicht zu hart sein, wir wollen Mitgefühl haben. Es gilt, den Sünder zu lieben – nicht jedoch die Sünde!«

So zwiespältig gestaltete sich der Beginn meines Bleibens. Ich hatte vor meiner Zeit im Seminar eine andere Art von Kirche kennengelernt: wunderbare Menschen, interessiert, offen, humorvoll, hochgebildet, hilfsbereit, kreativ, gastfreundlich, warmherzig ... ich hatte ihre Hilfsprojekte bewundert, das Engagement der Jugendlichen und der Menschen in meiner Heimatgemeinde, auch die Fürsorge und den Humor der Nonnen, dann diese spirituelle Innigkeit und Hingabe, die es in ihrer Schönheit nur im Katholizismus gibt, die ehrliche Andacht und tiefe Meditation der Menschen während der heiligen Messe und in den Stunden der Anbetung, die überirdisch schönen Gesänge in einer Messe von Palestrina oder Mozart oder die himmlischen Stimmen der Gregorianik ... ich liebte diese Kirche.

Der Ruf Gottes, diese im Leben nicht zu stillende Sehnsucht, wollte nicht verstummen. Von einem Typen wie Kotulla wollte ich mich davon nicht abbringen lassen.

Also blieb ich, ich konnte nicht anders.

XXXI.

… und die Tage und Wochen und Monate ohne dich begannen zu vergehen und sollten zu Jahren werden. Seltsam, nichts mehr von dir zu hören, keine Briefe von dir zu bekommen. Ich selber schaffte es nur unter geradezu übermenschlich erscheinenden Anstrengungen, dir nicht zu schreiben. Ich wollte nichts aufwühlen, dir nicht wehtun.

Du warst in meinen Gedanken an einen fernen, merkwürdig verschwommenen Traumort gerückt, in blaues Licht gehüllt; zu wenig greifbar schien die Aussicht, so viele Jahre ohne dich verbringen zu müssen. Manchmal fühlte ich mich dir ganz nah, erlebte Dinge, die ich dir erzählen, las Stellen in Büchern, über die ich dich informieren wollte, meinte, mir des Nachts in deine Arme kuscheln zu können, vermisste in den Sekunden des Aufwachens etwas und wusste nie, was es war – bis mir auffiel, dass ich die luftig-leichte Sinfonie deiner Atemzüge in der Dunkelheit nicht mehr vernahm oder die Gewissheit verloren hatte, dich wenige Zimmer weiter unter demselben Dach oder überhaupt in meinem Leben zu wissen.

Noch lange bewahrte ich ein Handtuch auf, das du benutzt hattest; es hing in meinem Schrank und zuweilen liebkoste ich Stirn und Lippen mit dem Frottee, in das du getaucht.

Und gleichzeitig lechzte ich danach, mich einem anderen, einem geistigen Reinigungsprozess zu unterziehen, mich in geistlichem Gehorsam zu unterwerfen, denn ich war zu dem Schluss gekommen, mich nicht richtig und verantwortungsvoll verhalten zu haben.

Der Mensch scheint immer die Wahl zu haben?

Die Monate vergingen und ich war von meinem Studium und dem Leben im Seminar in Anspruch genommen. Ich stürzte mich auf meine Aufgaben, suchte jeden Moment meiner Tage mit Arbeit oder disziplinierender und disziplinierter Lektüre auszufüllen, schwieg, wenn die Alumni auf dich und dein Verschwinden zu sprechen kamen. Irgendwann verebbten auch diese Gespräche.

Du gehörtest zur Vergangenheit.

Für sie.

Ich stehe im Kölner Dom und beobachte ein offenkundig schwules Pärchen; sie zünden vor der Madonna eine Kerze an und scheinen sehr bewegt – wofür sie wohl beten? Ich staune über ihre Selbstverständlichkeit, habe so etwas nicht erwartet. Der eine hat einen schönen Körper.

Ich setze mich in eine Bank und starre in die ferne Apsis ... Der schöne Körper erinnert mich prompt an meinen Schornsteinfeger:

Ein Morgen wie jeder andere auch, vor einigen Monaten. Aufstehen, Duschen, Kaffee zubereiten, Tisch decken, nur mit einem Handtuch umgürtet. Im Radio kündigt die aufdringlich gut gelaunte Moderatorin ein Lied an, dessen Titel mir nichts sagt, doch den Namen der Band kenne ich natürlich, denn du hast sie geliebt, genau wie mein Bruder seit seiner Jugend, und ich mochte den Schönklang ihres Namens, Fleetwood Mac.

Ich drehe lauter und frage mich, ob ich das Lied wohl einmal bei dir gehört habe – mit seltsamer Schärfe scheint die eigentlich plätschernde Musik in mich einzudringen: Es herrscht eine Atmosphäre, als ob die Musiker auf Türmen aus Luft miteinander spielen, woraufhin Echos erklingen und somit ein Klangteppich aus mystischen Harmonien entfacht wird, voller Sehnsucht und zugleich von einfacher, klarer Schönheit. Unter all dem ein ungemein kraftvoller, in seiner monotonen Melodieführung fast wild eingesperrt wirkender Bass, als Kontrapunkt öffnet er zusätzliche Türen zu anderen Welten.

Beim Refrain fällt ein scheinbarer Chor aus digital verzerrten Stimmen ein; es säuselt und klingt in geschickt gewählten Akkorden im Hinter- und Untergrund.

Und ich pfeife mit, das habe ich schon zu unserer Zeit bei Fleetwood Mac immer als angenehm leicht empfunden, everywhere,

everywhere, und ich beschließe, mir das Album zu kaufen (ich habe es nicht getan). Ich tanze durch die Küche und in den Flur, wackele mir meinen Hüften, das Handtuch rutscht.

Fatalerweise klingelt es just in diesem Moment an der Tür.

Verdutzt drehe ich mich um und blicke in strahlend blaue Augen, die durch die Scheibe der alten Haustür in meinen Korridor schauen.

Ich kratze meine verbliebene Würde zusammen, nehme meinen professionellen Priesterhabitus an und gehe einige Schritte auf die Tür zu – bevor ich bemerke, dass das Handtuch endgültig zu Boden gefallen ist. Verlegen greife ich zum Garderobenständer und schlüpfe in meinen Regenmantel.

Räuspere mich und öffne die Tür.

Der Schornsteinfeger.

Er hat keinerlei Ähnlichkeit mit dir, im Gegenteil, er ist blond, mit starkem Kinn und nicht von schlanker, sondern sportlich muskulöser Statur. Jede Faser seines Körpers scheint zu knistern, kraftvolles Leben ohne Zweifel zu versprechen, anpackendes Tun ohne Zagen.

Er ist in schwarz gekleidet, so wie ich normalerweise auch. Ich muss darüber schmunzeln. Er lächelt freundlich zurück: »Moin, Herr Kaplan!«

Und tippt sich grüßend mit seinen Riesenfingern an seinen nicht vorhandenen Zylinder.

Ich beginne, in meinem Regenmantel zu schwitzen.

In der Küche baut er seine Geräte auf, mit einer Sorgfalt, die der eines Chirurgen in nichts nachsteht. Er schraubt hier und dort herum, blickt dort und hier hinein, begutachtet dieses und jenes, trägt Zahlen in seine Tabellen ein, steigt auf einen Metallkoffer, um besser an die Gastherme zu reichen, steigt wieder auf den Boden, bückt sich wegen irgendwas – und stets folgen meine Blicke seinen Bewegungen, seinen breiten Schultern und den trainierten Armen, seinem muskulösen Hinterteil, das sich unter der schwarzen Hose abzeichnet.

Ich starre ihn selbstvergessen an … so selbstvergessen, dass ich nicht bemerke, dass der Schornsteinfeger sich mit einer eleganten Wendung seines Oberkörpers zu mir umgedreht hat und mich fragend ansieht, mich in meinem Regenmantel, in meiner sommersonnenlichtwarmen Pfarrhausküche, meinen Blick immer noch auf seinen schönen, äh, Rücken gerichtet.

Die Zeit bleibt stehen.

Endlich bemerke ich die anhaltende Stille doch und hebe irritiert meinen Blick, sehe in die nun belustigt und wissend blickenden blauen Augen, die mich langsam von oben bis unten abzutasten beginnen.

Ich würde vor Scham am liebsten im Boden versinken. Zu gut weiß er Bescheid.

Jetzt blickt er mich fragend an. Und auffordernd.

Glücksbringend, wie es sich für einen Schornsteinfeger gehört.

Ich muss tief Atem holen und bekomme am ganzen Körper eine Gänsehaut.

»Wo muss ich unterschreiben?«, bringe ich mühsam hervor. Kaum kann ich meine Unterschrift auf das gelbe, dünne Papier setzen, von dem er mir einen Durchschlag reicht und zu allem Überfluss auch noch verschwörerisch zwinkert.

Ich ziehe meinen Regenmantel fester zu.

Dann hat er es seltsam eilig, packt seine Geräte wieder in den Koffer, klappt seine Mappe zu, klemmt sie sich unter den Arm und geht in den Korridor.

Ich folge ihm, weiß nicht, wohin ich schauen, was ich sagen soll. Meine Gesichtsfarbe muss die einer reifen Tomate angenommen haben.

Noch einmal schaut er mir in die Augen, tippt wieder an seinen nicht vorhandenen Zylinder. Dann verschwindet er. Seine schwarzen Fußabdrücke hat er im ganzen Korridor und in der Küche zurückgelassen.

Ich trete an die Haustür und blicke ihm nach.

Schon ist er am Gartentor.

Noch einmal dreht er sich um. Habe ich etwas gerufen? Ich könnte es nicht beschwören.

Er kommt zurück.

Als er die Haustür hinter sich schließt, ist mein Regenmantel längst zu Boden geglitten.

Als er ging, sagte er, dies sei der beste Sex seines Lebens gewesen. Ich hätte so ausgehungert gewirkt.

»Welch Überraschung«, antwortete ich.

Wir mussten beide lachen.

Er fragte, ob er mich anrufen könne, aber ich verneinte.

Doch sein Ruß verschwand nicht mehr aus meinen Laken und hinterließ Spuren überall auf meinem Körper.

XXXII.

Es war Herbst geworden, schmutzig-golden. Regen fiel mit eintöniger Regelmäßigkeit über Stadt und Land. Kalter Wind blies einem das Wasser ins Gesicht, sobald man das Seminar verließ und sich gegen das Wetter und den bleiernen Himmel zu stemmen begann. Die Vögel schienen sich frühzeitig zurückgezogen zu haben, nur vereinzelte Herbstblumen suchten die Trostlosigkeit zu verschönern.

Als wir eines Nachmittags unseren Kaffee im Refektorium getrunken und Pflaumenkuchen mit Sahne gegessen hatten, sahen Jeremias und ich ein Polizeiauto vor dem blutroten Tor des Innenhofs halten. Zwei uniformierte Beamte, Mann und Frau, entstiegen dem Wagen. Die Frau öffnete die rechte Hintertür und wir sahen, wie sich jemand mühsam aus dem Inneren des Autos zu schälen begann, von der Polizistin unsanft am Arm gehalten.

Alexander.

»Was ist denn mit ihm passiert?«, fragte Jeremias überrascht. »Hoffentlich ist er nicht überfallen worden!«

»Es muss was Ernstes sein, sonst hätte er den Pflaumenkuchen nicht verpasst«, sagte ich.

Von beiden Beamten flankiert, wurde Alexander über den Innenhof ins Seminar geführt. Er hielt seinen Kopf gesenkt und sah nicht auf. Seine Begleiter schienen sich an diesem Ort in einer seltsamen Mischung aus Widerwillen und Respekt unwohl zu fühlen und durchschritten die Eingangstür, so dass wir sie aus unserem Blickfeld verloren.

Jeremias und ich sahen uns an.

Bald darauf herrschte auf dem sonst so stillen Gang mit unseren Zimmern ein Wuseln und Tönen wie noch nie seit meinem Eintritt ins Seminar. Alexanders Raum war Dreh- und Angelpunkt des Geschehens; offenkundig suchten die Beamten etwas – und wurden schließlich fündig.

Kotulla stand im Gang, einer Ohnmacht nahe, brüllte hin und wieder: »Milz, was haben Sie sich dabei gedacht!«, und wedelte unwirsch mit den Händen, wenn sich einer von uns Priesteramtskandidaten neugierig an seiner Türe zeigte. Kaum eine halbe Stunde verging, dann war der Spuk vorbei, die Menschen, die unvermutet in unseren Kosmos eingedrungen waren, verschwunden. Wir steckten unsere Köpfe zusammen, konnten uns jedoch keinen Reim auf die Vorkommnisse machen.

Doch ließ die Auflösung des rätselhaften Geschehens nicht allzu lange auf sich warten, denn schon am nächsten Morgen, als wir zur Universität gehen wollten, wurden Jeremias und ich eines sonderbaren Pulks von Menschen vor dem großen roten Tor gewahr. Sie hielten Mikrofone und Kaffeebecher in ihren Händen oder hatten Kameras geschultert. Alle rauchten. Und schienen zu warten.

»Da sind welche«, kreischte eine käsige Blondine mit Nasenring. Jeremias und ich drehten uns um. Da war niemand. Die Meute stürzte auf uns zu und umringte uns.

»Hey«, rief ein unrasierter Vierschrot und hielt mir ein kleines Mikrofon unter die Nase: »Was sagt ihr zu dem Pornopfarrer?«

Und eine sorgsam ondulierte Rosahaarige mit Vierfachkinn und scheinbar ebenso vielen Brüsten brüllte heiser: »Sind hier alle schwul? Geht's für euch abends zusammen unter die Dusche, Jungs?«

Wir sagten natürlich nichts und gingen weiter.

Sie verfolgten uns: »Die stecken doch alle unter einer Decke!«, »Ich zahl schon seit Jahren keine Kirchensteuer mehr!«,

»Psychos!«

In der anschließenden Vorlesung wippte ich unruhig mit meinen Füßen, malte Kringel in meinen Block und raschelte unmotiviert mit meinen Papieren. Was war nur geschehen? Kotullas Informationspolitik konnte man nur als Katastrophe bezeichnen.

Das Exemplar einer Zeitung begann unter den Tischen der Studenten heimlichst umherzuwandern, pikanterweise in einer Vorlesung über Moraltheologie. Schließlich gelangte das Blatt auch in die Hände von Jeremias und mir. Große Letter kündeten marktschreierisch von zahlreichen Porno-Diebstählen eines Priesters. Der darunter stehende Artikel erzählte von einem Vorfall in einem der Sexshops am Bahnhof der Innenstadt. Immer wieder seien dort Filmchen homoerotischen Inhalts aus ihren DVD-Hüllen verschwunden. Und am gestrigen Tage sei am frühen Nachmittag endlich der Dieb gestellt worden. Eine Verkäuferin hätte beobachtet, wie ein Mann von beträchtlicher Statur die Filme eingesteckt und dann Reißaus genommen hätte. Die beherzte Verkäuferin hätte die Verfolgung aufgenommen, in aufgeregtem Zick-Zack sei es durch die Fußgängerzone gegangen. Der Dieb hätte probiert, sein Diebesgut auf konspirative Art und Weise in einem städtischen Abfallbehälter zu entsorgen und sei schließlich von mutig eingreifenden Passanten aufgehalten und an einer weiteren Flucht gehindert worden.

Sofort hätte er gestanden.

Da im Sexshop nun aber schon seit Monaten einschlägige Filmchen vermisst würden, hätte der Staatsanwalt (Mitglied der Grünen) eine Hausdurchsuchung im Priesterseminar angeordnet. Hierbei sei weiteres Diebesgut sichergestellt worden, an die zweihundert Filmchen hätten die Beamten im Zimmer des Verdächtigen gefunden.

»Das wird sich zu einem gewaltigen Ärgernis entwickeln«, flüsterte Jeremias, »für das Seminar und für die ganze Kirche. Die Medien werden den Vorfall gehörig ausschlachten – das bietet sich ja in ihren Augen geradezu an. Ein gefundenes Fressen für all die, die ihr Wissen über die Kirche aus dem »Spiegel« und Filmen wie »Der Name der Rose« beziehen.«

»Wo hat er nur all die Filme versteckt?«

»Warst du mal in seinem Zimmer?«

»Nein, nur ganz am Anfang.«

»Wir haben ihn allein gelassen«, sagte Jeremias. »Stell dir vor, wie einsam er gewesen sein muss!«

Am Abend bat ein zerknirschter Alexander den Regens und das ganze Seminar mit tonloser Stimme um Verzeihung, gelobte Besserung, versprach gar, sich wegen seiner Pornosucht einer Therapie zu unterziehen. Scham und Reue empfinde er angesichts des Schadens, den er der Kirche und besonders dem Seminar zugefügt habe. Erst nach der Therapie würde er gemeinsam mit der Leitung des Seminars entscheiden, ob es sinnvoll sei, seinen Weg hier fortzusetzen.

Einst hatte ich erwartet, dass ich anhand solcher für ihn beschämender Vorkommnisse doch triumphieren und mir anmaßen würde, diese Geschehnisse als gottgegebene Resultate seiner Hinterhältigkeiten zu betrachten – doch als ich ihn so jämmerlich vor uns stehen sah und seine immer leiser werdende Stimme hörte, konnte ich nur Mitleid verspüren. Ich konnte verzeihen, natürlich, denn wer war ich, den ersten Stein zu werfen?

XXXIII.

Ich begann zu lernen, ohne dich zu leben und die unvorstellbaren Jahre ohne dich begannen zu vergehen, manchmal euphorisch, manchmal tieftraurig. Bis heute kann ich nicht genau sagen, warum ich mich damals so entschieden habe. Es war alles zuviel und das würde so bleiben.

Der auf deinen Rausschmiss zuerst folgende Winter war ebenso grau und nass und dunkel wie der Herbst, der ihm den Weg bereitet hatte. Weder Schnee noch Sonne schien es zu geben, alles lag nackt und unverhüllt unter dem auf die Erdoberfläche drückenden Himmel. Kahl ragten die Bäume aus dem schlierigen Asphalt – unvorstellbar, dass in ihren Stämmen einmal wieder die Säfte emporsteigen und ihre Zweige durch grüne Frühlingsknospen aufspringen würden. Nicht einmal eine Ahnung davon schienen sie zu besitzen, denn an ihren vom kalten Wind hin- und hergeschüttelten Ästen verfingen sich nur ein paar Nebelwolken und die Abgase der Autos.

Was mich weiterhin überraschte und verstörte: Immer noch und immer wieder fand ich die braunen Umschläge vor meiner Tür oder sogar in meinem Postfach. Manchmal vergingen Wochen, in denen ich begann, mich in falscher Sicherheit zu wiegen, zugleich auf Befriedung und Ruhe hoffend, doch tauchten die Schreiben herpesähnlich immer wieder auf. Zwar öffnete ich die Umschläge schon lange nicht mehr und stopfte sie in meine Schreibtischschublade zu ihren Artgenossen, doch zuweilen riss ich die Schublade aus Versehen auf und die muffigen Umschläge quollen heraus und stiegen wie Rabenschwingen in mein Herz. Jedesmal verschloss ich die Lade schnell und so verschämt, als hätte mir jemand über die Schulter geschaut.

Warum warf ich sie nicht weg? Warum verbrannte ich sie nicht? Warum redete ich nicht mit Jeremias, meinem besten Freund? Warum hatte ich dir nie etwas über diese Schreiben erzählt?

Jetzt, im Nachhinein, nach all der Zeit, lässt sich natürlich leicht behaupten, die Papiere rührten tief an meinen Urängsten, so tief, dass ich nicht glaubte, jemals darüber sprechen zu können.

Aber was wusste ich damals?

Eines Abends fühlte ich mich nicht wohl und war nicht zum Abendessen gegangen. Ich saß vor dem kleinen Altar in meinem Zimmer und meditierte. In Momenten wie diesem kehrte der Friede in jede meiner Zellen zurück.

Auf einmal begannen die Kerzenflammen unruhig zu flackern und ich hörte vor meiner Tür ein Rascheln. Intuitiv wusste ich, was dieses Geräusch zu bedeuten hatte.

Mit einem großen Sprung war ich an der Tür (Baryshnikow hätte einpacken können) und riss sie auf.

Eine männliche Person richtete sich hastig auf, fuhr sich mit der Hand scheinbar nervös (oder erschreckt?) durch die Haare, wich überrascht einen Schritt zurück und hielt einen braunen Umschlag in der Hand.

Grüne Augen schauten mich an.

»Hallo, Jeremias«, sagte ich.

»Hey«, sagte Jeremias. Nichts an seiner Stimme klang irgendwie erregt oder ertappt.

Ich starrte Jeremias an.

Jeremias starrte mich an.

»Ähm, störe ich?«, fragte er schließlich.

Ich machte keine Anstalten, ihn ins Zimmer zu lassen.

»Was ist mir dir? Hier, das habe ich vor deiner Tür liegen sehen, ich wollte eh gerade zu dir!«

Ich erwachte aus meiner Erstarrung und schüttelte etwas Dunkles von meinen Schultern.

»Das ist nicht von dir?«, fragte ich.

»Nein, wenn ich was von dir will, rede ich einfach mir dir!«, sagte er. »Darf ich jetzt reinkommen?«

Ich ließ ihn ein und erzählte ihm von den Briefen.

Auf einmal sprach ich über dich, über uns, über alles. Endlich. Endlich konnte ich reden, stundenlang redete ich, etwas brach in mir auf, ich redete mir alles, alles von der Seele und Jeremias hörte zu, die ganze Nacht.

Als hätte er es nicht längst gewusst.

»Aber wer schickt dir diese Briefe? Hast du nicht einen Verdacht?«

»Zwischendurch dachte ich, es könnte Alexander gewesen sein. Aber nach allem, was bisher geschehen ist, scheint das doch nicht stimmig. Ich muss die Person dazu bringen, aus ihrem Versteck hervorzukommen!«

»Ja, du musst sie mit ihren eigenen Mitteln schlagen. Sie scheint feige zu sein.«

Endlich begann sich mein Widerspruchsgeist zu regen und ich überlegte, wie ich sowohl das Innere meines Zimmers als auch das Innere meines Herzens gegen die Schmähungen absichern, hohe und sichere Deiche errichten könnte.

»Ich werde die Umschläge nicht mehr annehmen, sondern sie an meine Tür kleben«, sagte ich schließlich.

»Ja, und am besten klebst du Bilder von irgendwelchen Spinnern dazu, Inquisitoren, Fundamentalisten … Man soll ja nicht Gleiches mit Gleichem vergelten, aber solch platten Symbolismus darf man ruhig einmal ebenso beantworten.«

Und sogleich befestigte ich den braunen Umschlag an der Tür meines Zimmers, klebte ein Bild von F. Murray Abraham als Bernardo Gui aus »Der Name der Rose« auf das herbe Papier und gewöhnte mich an den Anblick dieses überzeichneten Knallchargenbildes, konnte nach einigen Tagen sogar über die Kombination von Porträt und Umschlag an meiner Tür grinsen.

Ansonsten geschah eine geraume Zeit lang gar nichts.

Als ich nach einigen Wochen den nächsten Umschlag in meinem Postfach fand, klebte ich auch diesen sofort ungeöffnet an meine Tür, verziert mit einem Bild, das Konrad von Marburg darstellen sollte. Er hatte die arme Hl. Elisabeth von Thüringen seelisch so gemartert. Wiederum nach einigen Wochen gesellte sich ein weiterer Umschlag hinzu, verziert mit dem Konterfei Thomas Cromwells.

Ich fühlte mich stärker. Ich hatte diesen verbohrten Fanatismus zumindest äußerlich vor meinem Selbst gelassen. Immer noch verunzierte er meine Tür – aber nicht mehr das Innere meines Zimmers.

Das erste Weihnachten ohne dich verging und in der Christmette, als die Lichter in der Kirche wie in jedem Jahr gegen Ende der Messe ausgeschaltet wurden und nur noch die Kerzen der Christbäume und das Ewige Licht brannten und die erste Akkorde von »Stille Nacht« erklangen, da wusste ich, ich würde imstande sein, weiterzuleben.

Als ich im Januar ins Seminar zurückkehrte, fühlte ich endlich wieder etwas von der alten Motivation und Freude am Priestertum in mir. Schon von weitem erkannte ich, dass jemand die Umschläge mit den Bildern von meiner Tür entfernt hatte.

Ich öffnete die Tür zu meinem Zimmer – und erstarrte.

Jemand hatte all die Umschläge aus meiner Schreibtischschublade herausgezogen und ihren Inhalt auf meinem Schreibtisch, meinem Bett, auf dem Fußboden, ja, sogar auf meinem kleinen Altar verstreut. Den alten Rosenkranz meiner Großmutter hatte jemand an die Wand genagelt, darunter hing ein Blatt Papier, auf dem in großen Lettern zu lesen war: »Rosenkranz statt Rosa Lobby«.

Ich lachte fassungslos über diesen saublöden Spruch.

Dann wurde ich wütend, sehr wütend. Denn ich hatte die Schrift erkannt. Ich fotografierte das Chaos, kehrte um und ging zum Spiritual, Pater Seliger, der nach langer Krankheit wieder ins Seminar zurückgekehrt war.

Ernst hörte er mir zu. Erschüttert zeigte er sich über die Umschläge und die Art und Weise, wie jemand in mein Zimmer, aber auch in mein Inneres eingedrungen war und seine Kompetenzen eindeutig überschritten hatte.

»Ich kümmere mich darum, Jonas. So kann man mit jungen Menschen nicht umgehen!«

Die ganze Angelegenheit wurde bis zum Erzbischof getragen.

Und Kotulla wurde seines Amtes enthoben. Schon über die Vorfälle bezüglich deines Verschwindens oder Alexanders Videosammlung war der Erzbischof äußerst ungehalten, so hörte ich

– Kotulla aber hatte diese Ereignisse als bloße Kollateralschäden und Bubenstreiche relativiert. Fairerweise ließ Seine Eminenz dem scheidenden Kotulla die Chance, den Rückzug mit einer persönlichen, im familiären Umfeld liegenden Motivation zu begründen.

Wolken zogen vorüber und im Innenhof des Seminars schrien Raben. Da der Erzbischof sie hatte sehen wollen, hatte ich all die Schriften und Umschläge in einem großen Karton gesammelt und eigenartigerweise zurückbekommen – als Mahnung? Eine große Karriere könnte ich nach all den Vorfällen höchstwahrscheinlich vergessen. Egal. Ich sehnte mich nur nach einer Gemeinde, wo ich für die Menschen da sein konnte.

Und nun betrachtete ich den Karton, wusste nichts damit anzufangen. Natürlich könnte ich ihn in einer zugleich hilflosen und esoterisch anmutenden Geste verbrennen und hoffen, mit den Papierfetzen mögen sich auch all die Ängste und anderen hässlichen Gefühle in Rauch auflösen – aber nein. So einfach sind die Dinge bekanntlich nicht.

Trotzdem musste etwas geschehen. Ich kaufte in der Stadt einige Ordner, heftete die Schreiben ein und stellte sie in die Bibliothek, gespannt darauf, wie lange sie dort wohl schlummern oder ob sie jemals katalogisiert werden würden.

Alles, wirklich alles schwebte in dieser Angelegenheit … die Ereignisse waren zu den Akten genommen worden – im wahrsten

Sinne des Wortes … aber doch nicht ganz, Gefühle lassen sich nicht zwischen Aktendeckel einsperren und sie haben auch nicht die Angewohnheit, in dunklen Archiven zu verrotten.

Niemand im Seminar bedauerte den Weggang Kotullas. Er war für uns alle eine wahrer, harter Prüfstein gewesen. Jeder von uns Alumni hoffte nun auf einen offengeistigen, gelassenen, charismatischen, etwa benediktinischen Regens. Wir vertrauten dem Erzbischof auf seiner Suche nach einer solchen Persönlichkeit.

Als ich aus der Bibliothek zurückkehrte, kam mir auf dem Gang im Erdgeschoss, dort, wo die düsteren, goldgerahmten Ölgemälde hingen, Kotulla entgegen, zwei altmodische Koffer tragend. Als er mich sah, stellte er sein Gepäck ab und sagte:

»Sie haben mich nicht enttäuscht! Ihr Verhalten entspricht gerade dem, was ich von Ihnen an Benehmen und Charakter bisher erlebt und so auch erwartet habe!«

Ich sah ihn an und war nicht mehr bereit, auf seine Verblendungen zu reagieren. Er hatte genug Gift in mich geträufelt.

»Ich wünsche Ihnen, dass Sie lernen, mit Ihrem Schmerz umzugehen!«, sagte ich schließlich. »Ich hoffe, ich werde lernen, für Sie beten zu können!«

Damit ließ ich ihn stehen. Auf dem Weg zu meinem Zimmer hatte ich die ganze Zeit über das Gefühl, mich duschen zu müssen und diesen Menschen abzuwaschen; seine Bitterkeit schien an mir zu kleben.

Ich tat es.

XXXIV.

Ich verlasse den Kölner Dom.

Morgen also wird es soweit sein! Morgen schon werde ich dich sehen! Was du wohl gerade tust? Ob du gerade auch an mich denkst? Ich muss an deinen Lebenspartner denken, wie war sein Name? Karl, ach ja. Ich weiß nicht, wie er aussieht, was er tut, seit wann ihr euch kennt, nichts weiß ich über ihn, über euch, über dich.

Du lässt mich ein wenig ins offene Messer laufen.

Zurecht.

Ich habe mit Jeremias telefoniert, er will bei der Zeremonie in der altkatholischen Kirche als Priester mit am Alter stehen, er traut sich das, bei den Altkatholiken sind solche Segnungen erlaubt. Mich hast du nicht aufgefordert, und ich bin erleichtert und gekränkt zugleich. Auch Jeremias hat mir nichts über Karl erzählt und ich wollte ihn nicht aushorchen. Taktvoll wie immer hatte er sich jede anspielende oder fragende Bemerkung verkniffen; mein Diskretions-Bumerang kam zu mir zurückpropellert.

Ich checke in ein kleines Hotel in der Nähe von St. Gereon ein. In Nischen und auf Konsolen sitzen Buddha-Statuen herum.

Ungefragt erklärt mir ein ebenso dicker, jedoch bebrillter Glatzkopf hinter der Rezeption, Buddha sei heilig. Im gleichen Atemzug versucht er, die Mehrwertsteuer auf den eigentlichen Zimmerpreis noch einmal draufzuschlagen.

Ich sitze eine Weile auf dem fremden Bett in dem anonymen Zimmer und komme mir einsam vor, abgetrennt. Ich reiße die Vorhänge und Gardinen zurück und öffne die Fensterläden. Hinter den hässlichen Nachkriegsbauten weiß ich Köln mit all seinen Möglichkeiten, seiner Gemütlichkeit und Rohheit, seinem Schmutz und seinen Farben, seinem Leben und seinem Tod. Ich lasse das Fenster geöffnet und gehe in die Stadt hinaus.

Schmutzigweiße Schiffe ziehen auf dem Rhein vorüber, ihnen gleich die Wolken am grauen Himmel. Auf dem Wasser und in der Luft kreischen die Möwen kämpferisch.

Ich esse in eine italienische Trattoria am Heumarkt und die Erinnerungen an Rom stürzen auf mich ein; ich verschmähe die Pizzen, die -ausgerechnet!- nach den Aposteln benannt sind (Judas mit Peperoni und Salami, Himmel!) und bestelle Salat und Pasta, beginne, mich mit Weißwein zu betrinken. Der Anblick von zwei Männern am Tisch nebenan, die miteinander lachen, intensiv flüstern und sich in scheinbar unbeobachteten Momenten verstohlen küssen, tut mir weh. Könnte ich jetzt mit dir dort sitzen?!

Noch während ich kaue, ziehe ich den Kölner Stadtplan aus meinem Rucksack, obwohl ich längst weiß, wo und in welcher Straße du wohnst.

Ich könnte den Bus oder die Bahn nehmen, doch gehe ich zu Fuß, etwas unsicher, es war zuviel Weißwein. Ich versuche, dich in dieser Stadt zu erspüren, deine Wege zu erkunden. Wo magst du entlang gegangen, was mögen deine schönen Augen wie gesehen haben, welche Orte mögen dir besonders lieb geworden sein, welche Kirchen, Läden, Museen, Cafés, Parks?

Unruhe und Erregung befallen mich, Dunkelheit beginnt sich über den Hausdächern und den romanischen Kirchtürmen zu wölben, überall die Lichter an.

Ich erreiche deine Straße, die Straße, in der du lebst. In der IHR lebt, muss ich mich immer, immer wieder verbessern. Ich sehne mich danach, dich heute schon zu sehen und gleichzeitig fürchte ich mich davor. Vorsichtig schreite ich den grauen Gehsteig entlang, schaue nach den Hausnummern, nehme flüchtig Geschäfte und Lokale wahr.

Hausnummer 11, ein schöner Altbau mit hohen Fenstern und ausladenden Balkonen voller Pflanzen. Ich trete zu den Klingelschildern und studiere die Namen, finde die eurigen. In welchem Stock lebt ihr wohl? Plötzlich geht im Treppenhaus das Licht an, schnell weiche ich in die Dunkelheit auf der anderen Straßenseite zurück. Mein Herz klopft laut und hart. Aber es tritt nur eine hochgewachsene Frau auf den Gehsteig.

Wieder erklimmen meine Blicke die Häuserfassade und ich versuche, hinter den Fensterscheiben etwas zu entdecken, erkenne

Lampenschirme und Pflanzen aller Arten, erspähe ab und an den oberen Rand eines Bilderrahmens oder Bücherregals.

So stehe ich lange da, Leute kommen und gehen, du jedoch bist nicht dabei, dein Gesicht taucht auch nicht hinter einem der erleuchteten Fenster auf. Wahrscheinlich wohnt ihr im Hinterhaus oder im Quergebäude.

Ich gehe zum Hotel zurück.

Ich bin geborgen, von der Kirche – und doch einsam unter so vielen Menschen. Nirgendwo spürt man das so sehr wie einer großen Stadt voller Menschen. Und voller Kirchen.

XXXV.

»Am Sonntag, den 05. Juli, werde ich im Dom zu Burggraf zum Priester geweiht. Dankbar und von Freude erfüllt denke ich an alle, die mir auf dem Weg zum Priestertum auf so vielfältige Art und Weise nahe waren«.

Jahre waren vergangen und der Tag, an dem der Erzbischof mir und den anderen Kandidaten des Seminars das Sakrament der Priesterweihe spenden würde, war gekommen. Mein Sehnen nach dem Allerhöchsten, mein Dürsten nach dem Allerreinsten, meine Geschichte des nicht verstummenden Gerufen-Werdens … alles sollte an diesem Tag vielleicht keine vollständige Erfüllung finden, aber dennoch sollte er mich einen großen Schritt voranbringen.

Ich trat an das Fenster meines Zimmers und blickte versonnen in den Innenhof mit dem sommerlich gekleideten Kastanienbaum.

Fünf Jahre waren vergangen, um genau zu sein. Fünf Jahre hatte ich geprüft, ob meine empfundene Berufung Gewissheit war. Jahre des Studiums, des Lebens im Seminar und der praktischen Ausbildung lagen hinter mir, ebenso die Diakonenweihe und die weiterbildenden Studien.

Wieder fällt mein Blick auf die Einladungskarte auf meinem Schreibtisch, sie war an meine Familie, an Verwandte, Bekannte und Freunde verschickt worden – und sie alle würden kommen.

Ich duschte und kleidete mich an. Mein Leben an diesem Ort würde beendet sein. In diesem Zimmer würde schon bald ein anderer junger Mann seine Studien aufnehmen – so Gott wollte.

Die Luft leuchtete voll Vorfreude und Festlichkeit und der Klang der gewaltigen Domglocken fand seinen vibrierenden Widerhall auf den Saiten meiner Seele. Eine eindrucksvolle Prozession ergoss sich aus der Sakristei, von der tönenden Orgel aus allen Registern umbraust. Das priesterliche Messgewand lag zusammengefaltet auf meinem Arm, zwischen Jeremias und Alexander (auch er hatte es geschafft) zog ich durch das Bronzetor des festlich geschmückten Doms.

So viele bekannte Gesichter in der Menge, meine Mutter, meine Geschwister und ihre Kinder, Onkel und Tanten, Freunde und Freundinnen aus früheren Tagen, die vor Freude schier platzenden Schwestern des hl. Karl Borromäus aus unserem Seminar.

Als wir an der Seitenkapelle mit den Statuen einer Beweinung Christi, Leonardo del Tasso zugeschrieben, vorbeiliefen, durchzuckte mich ein ahnendes Gefühl und verunsichert blickte ich auf, meinte irgendwo in der Menge einen vertrauten Schatten, das Gesicht eines lieben Menschen ausgemacht zu haben, doch ging die Prozession weiter und wir erklommen die Stufen zum Altar und schnell vergaß ich die kleine Irritation. Wir küssten die weißen Leinen des Altartuchs.

Es war überwältigend, endlich mit meinen Kameraden vor dem Altar zu stehen. Acht Alumni sollten die Weihe empfangen, ein Gottessegen, wie es der Erzbischof nannte und in Deutschland einen Eintrag ins Guiness-Buch der Rekorde wert.

»Das Leben als Priester bedeutet Selbsthingabe aus Liebe und die Liebe kennt kein Warum!«

Mein Name wurde gerufen.

»Adsum«, antwortete ich klar. Ich bin da.

Ein jeder von uns versprach Gehorsam, gelobte Ehelosigkeit und Keuschheit.

Die priesterliche Stola wurde mir angelegt, über meiner Brust gekreuzt. Der Erzbischof legte mir seine Hände auf. Unauslöschbar prägte er mir das geistliche Siegel, den Strom der Gnade ein.

Das lange Messgewand wurde mir übergeworfen, meine Hände wurden mit Chrisam gesalbt, ein Kreuz in meine Handflächen gezeichnet, Opferkelch und Hostienschale überreicht.

Verschleierte Weihrauchwolken forderten den Gesang des Domchores zum Tanz auf und ineinander verschlungen und miteinander verschmolzen stiegen sie in die Gewölbe, strichen über die steinernen Gesichter der Heiligen und die Gemälde der blutig Gemarterten. Auf einmal flatterte ein Singvogel tirilierend über dem Hochaltar, ich glaubte eine Amsel zu erkennen.

Alexander meinte später beim Empfang, dies sei für ihn wie eine göttliche, zugleich filmreife Bestätigung gewesen. Jeremias hingegen fand diese Sicht ein wenig zynisch – ein Vogel, dem der Himmel offenstünde, eingeschlossen in einer Kirche, würde er wieder herausfinden? Oder verenden?

Ach, das Leben und seine Symbole -

Ich war Priester.

Die Orgel brauste auf und aus tausenden von Herzen und Kehlen erscholl der Gesang, doch in mir war es still geworden. Da standen wir auf rotem Teppich und weißen Marmorstufen, von Sonnen- und Kerzenlicht übergossen, eingehüllt vom Duft des Weihrauchs, geblendet von der Pracht der Blumen, getragen vom Gebet der Gläubigen und ihrer Liebe zu uns.

Ich war Priester.

Liebe kennt kein Warum ...

Erst am nächsten Abend kam ich dazu, die zahlreichen Glückwunschkarten und -briefe zu lesen.

Du hattest geschrieben, zum ersten Mal seit vielen Jahren.

Du würdest in der Stunde der Weihe besonders an mich denken und für mich beten.

Ich würde es bestimmt bemerken.

Nein, Liebe kennt kein Warum.

XXXVI.

Das Angesicht des Morgens dämmert blau und grau, Kölner Krähen krächzen in der noch reinen Luft. Als Reinigungsfahrzeuge unter meinem Fenster zu schrubben und zu tönen beginnen, schlage ich die Bettdecke zurück und schäle mich aus durchgeschwitzten Laken. Es ist früh, zu früh.

Lange stehe ich unter der schäumenden Dusche, bis das ganze Badezimmer von Dampf eingehüllt und der Spiegel weiß beschlagen ist. Ich habe kaum geschlafen, träumend befand ich mich in der Kirche meiner Kindheit, war Teil der Gottesdienst feiernden Gemeinde. Plötzlich wandten die Menschen dem Altar den Rücken zu und begannen, in einer mir fremden Sprache mit zischenden Konsonanten und verzerrten Vokalen zu sprechen – die Letter und Noten in meinem Gesangbuch blutend rot zu leuchten, zu zerfließen und sich dann zu verzehren und ich wurde mir der Anwesenheit Satans bewusst.

Dieser so real erscheinende Traum hat mich tief erschreckt, sein quälender Druck mich bis in die Morgenstunden verfolgt. Die ungewohnten Geräusche der Großstadt haben das Übrige getan.

Ich wische den Spiegel ab und betrachte mein übermüdetes Antlitz. Ziehe mich an und begebe mich, zusätzlich ermattet von der Hitze des Wassers, in den Frühstücksraum.

Eine gähnende Bedienung serviert Kaffee und Eier. Ich versuche, etwas von dem seifigen Orangensaft, den teigigen Brötchen oder dem Obstsalat aus der Dose herunterzubringen, doch rebelliert mein Magen, sei es aus Aufregung oder vor Müdigkeit, und ich beende die Mahlzeit.

Gehe in mein Zimmer zurück und lege mich aufs Bett – nur um kurz zu verweilen. Doch die Tauben gurren jetzt sanft und so schließe ich meine Augen.

Als ich erwache, schaue ich auf die Uhr. Es ist viertel nach zehn – bereits in einigen Minuten wird die Zeremonie im Standesamt laut Plan und Einladung beendet sein und die Hochzeitsgesellschaft sich zur Kirche begeben. Mist! Um wenigstens rechtzeitig zur kirchlichen Segnung zu gelangen, glätte ich hastig meine Haare, ziehe meinen Anzug an, schnüre die Schuhe und laufe los, frage Passanten nach dem Weg zur Kirche.

Freundlich und wortreich und kölsch wird mir die Richtung gewiesen und endlich stehe ich vor dem unscheinbaren Eingangsportal aus roten Backsteinen und will meine Atemzüge wieder in einen halbwegs normalen Rhythmus zwingen.

Ich stemme die Tür auf und sehe die Hinterköpfe einer großen Menge Menschen. Einige wenden sich um zu mir, als ich mich verstohlen auf eine der hintersten Holzbänke setze.

In der Kirche herrscht eine lichte und freundliche Atmosphäre, schön verarbeitetes Holz sehe ich und wenig Stein. Ein Chor hat sich an den Stufen zum Altar aufgestellt und es dauert eine kleine Weile, bis ich bemerke, dass er nur aus Männern besteht. Unwillkürlich muss ich an die Schola im Petersdom denken – und grinsen. Ein junger, farbiger Mann mit strubbeligen Rastalocken und seelenvollen Augen fängt meinen Blick auf und lächelt zurück. Verlegen vertiefe ich mich in den Liederzettel.

Neben mir sitzt eine gemütliche Mittfünfzigerin in ein buntes und weites Sommerkleid gehüllt. Sie lugt mich unter ihrem riesigen Strohhut schelmisch an und fragt: »Braut oder Bräutigam?«

Ich verstehe nicht, was die Frage soll und zucke ratlos mit meinen Schultern. Sogleich gibt sie mir mit ihrer beringten Hand einen freundlichen Klaps auf den Rücken und sagt: »Ein Scherz, sollte nur ein kleiner Scherz sein! Entschuldigen Sie, mein Lieber, aber ich bin sehr aufgeregt! Die beiden sind wie Söhne für mich!«

In dem Moment beginnt die Orgel zu spielen und die Priester – inklusive Jeremias – ziehen ein und geleiten die zu Segnenden zum Altar. Die Gemeinde ist aufgestanden und beginnt davon zu singen, dass Gottes Liebe wie die Sonne immer und überall da sei.

Und dann sehe ich dich, festlich gekleidet in einen blauen, eleganten Anzug. Ich sehe dein Antlitz, so viele Jahre habe ich es nur in Gedanken und Träumen gesehen und ich muss mich an der Kirchenbank festhalten. Ich sehe deinen vertrauten Haaransatz, so schön geschwungen, sich deutlich gegen deine Stirn abzeichnend, da du deine Haare ganz kurzgeschnitten trägst. Der Ansatz, sehe ich zärtlich, ist ein wenig nach oben gerutscht, deine Haare sind ein wenig lichter, dein Kinn etwas breiter geworden. Ein Sonnenschein aus feinen Fältchen hat begonnen, sich um deine Augen zu ziehen. Ich sehe ihren Ausdruck und weiß, du liebst.

Der größte Felsen meines Festungsberges beginnt zu rucken und sich aus seiner Verankerung zu lösen. Ich frage mich, ob du mich gesehen hast und ob das was mit dir gemacht hat.

Du und Karl – ihr nehmt vor dem Altar Platz. Die Dame neben mir ist auf erd- und lufterbebende Weise in den Gesang eingefallen, schmettert ihre Melodie über die Köpfe der vor ihr Stehenden hinweg.

Der Priester eröffnet den Gottesdienst wie eine römisch-katholische Messe im Namen des Vaters, des Sohnes und des Heiligen Geistes, er spricht offen, liebe- und humorvoll seine einleitenden Worte und in der Gemeinde wird gelacht. Er betont einen Unterschied zwischen eurer Partnerschaft und der Ehe von Mann und Frau – und niemand nimmt Anstoß daran.

Ich beginne, seine gesprochenen Worte und die Reaktionen der Gemeinde etwas verworren wahrzunehmen, schaue währenddessen immer noch und immer nur auf dich, den Ersehnten. Ich kann nicht anders. Auf mühsamste Weise wollte ich dir fremd werden, mich von dir entfernen und hier, an diesem unpassenden Ort, zu diesem ungünstigen Zeitpunkt muss ich mir selber eingestehen, wie wenig mir das offensichtlich gelungen ist.

In meinen Schläfen beginnt es leicht zu pochen; der Felsen hat sich gelöst und beginnt langsam, den Berg hinunter zu rollen, immer schneller und gewaltiger dreht er sich, hinterlässt eine Schneise der Verwüstung.

Jeremias tritt vor und beginnt aus dem ersten Brief des Apostels und Evangelisten Johannes zu lesen, des Lieblingsjüngers. Jeder Satz seiner Prosa tiefste Weisheit. Er, der Verfasser des Evangeliums mit seinem vollendeten Prolog, der Apokalypse und eben dieser Briefe:

»Gott ist die Liebe, und wer in der Liebe bleibt, bleibt in Gott und Gott bleibt in ihm ...

Angst gibt es in der Liebe nicht, sondern die vollkommene Liebe vertreibt die Angst. Denn die Angst rechnet mit Strafe, und wer sich fürchtet, dessen Liebe ist nicht vollendet ...

Und dieses Gebot haben wir von ihm: Wer Gott liebt, soll auch seinen Bruder lieben.«

»Ich, Christian, nehme dich als meinen geliebten Partner an. Ich will dir das Beste von dem geben, was ich gerade bin und was ich sein kann und sein werde. Vor Gottes heiligem Altar erkläre ich meine Liebe zur dir und erbitte seinen Segen für unsere Liebe.«

»Ich werde dir vertrauen, dir zuhören, dir helfen und für dich sorgen«, antwortet Karl und ihr haltet euch an den Händen, habt eure Gesichter einander zugewendet. Karl ist ein wenig kleiner als du, er hat blonde, seitlich gescheitelte Haare, trägt eine runde Brille, hinter der große Augen ihre Rührung wegzublinzeln versuchen. Auch sein Herz muss groß sein. Dennoch muss ich an den Song »Karl der Käfer« denken, kichere ein wenig und schäme mich sofort über die Maßen.

Immer noch haltet ihr euch an den Händen, als der Priester seine Hände erhebt und die Worte spricht:

»Gib ihnen Deinen Segen, damit sie erkennen, dass Du sie füreinander bestimmt hast! Stärke sie in ihrer Liebe zueinander! Beschütze ihre gemeinsamen Wege!«

Mein Blick will verschwimmen. Da ertönt neben mir ein gewaltiges Schnauben und ich fahre erschreckt zusammen. Die Sommerkleid-und-Hut-Dame schnäuzt sich in ihr ebenfalls geblümtes Spitzentaschentuch, doch als ich ihre Tränen wie Regen auf die Sommerwiese ihres Kleider tropfen sehe, kann ich die meinigen zurückhalten.

Die Gemeinde applaudiert freudig, der Chor schluckt seine kollektive Rührung herunter und bald erfüllt die ergreifend schlichte Schönheit eines Chorals von Johann Sebastian Bach – *Jesus bleibet meine Freude, meines Herzens Schatz und Wonne* – das Gotteshaus.

Ich sehe deine braunen Augen, die unbeschreiblich schön leuchten, so wie früher – aber nicht mehr mich anleuchten. Dir habe ich mich einst voller Liebe und Vertrauen hingegeben und das Gleiche von dir empfangen dürfen. Ich habe das Gottesgeschenk deiner Liebe nicht halten können.

Der Felsen rollt und rollt. Schließlich meine ich, mich endlich zusammennehmen zu können, schließlich bin ich doch auf keiner Beerdigung, so will ich mich aufmuntern.

Aber ist es nicht die Beerdigung unserer Liebe?

Nein, ich werde dich meine Trauer nicht merken lassen, ich will stark scheinen, dir deine Freude nicht verderben, denn dazu habe ich wirklich keinerlei Recht.

Nur nicht an das Danach denken.

Endlich ist der Gottesdienst beendet und die Gäste und Gratulanten versammeln sich vor den Kirchentüren in der gleißenden Sonne.

»Partnerschaftssegnungsfoto«, ruft Karl. »Alle müssen mit darauf, sonst gibt's weder Sekt noch was zu essen!«

Harmoniebeflissen lacht die hungrige Hochzeitsgesellschaft und nimmt Aufstellung vor dem Kirchenportal. Ich halte mich im Hintergrund, versuche, mein Gesicht zu verbergen.

»Hallo, ich bin René«, sagt der Mann mit denn strubbeligen Rastalocken und den seelenvollen Augen, der wie durch Zufall neben mir auftaucht. Wir werden unterbrochen.

»Wer wirft den Brautstrauß?«, juchzt die wogende Wiesen-Dame, die inzwischen schon wieder recht fröhlich in die Weltgeschichte schaut. René fängt einen der Sträuße auf und blinzelt mir zu. Unter Gelächter begibt man sich in den Pfarrsaal, in dem das Festessen aufgefahren wird und, später, Tanz und Musik stattfinden sollen.

Ich habe mich noch nie so fehl am Platz gefühlt.

René erzählt, er sei Buchhändler.

Als erster Punkt stehen Gratulation und Geschenkübergabe auf dem ungeschriebenen Programm. Die Gesellschaft nimmt tuschelnd und lachend und neugierig schauend Aufstellung, besonders Eifrige fotografieren alles, was ihnen vor die Linse kommt und die Geschenke werden – unausgepackt – auf einem großen Tisch platziert. Jeremias kommt zu mir, begrüßt und umarmt mich, sichtlich erfreut, mich zu sehen. Sofort verspüren wir wieder die alte Vertrautheit.

Immer näher rücken wir zu dir und Karl hin. Ich meine, dein Strahlen schon hinter den Köpfen der Menschen erkennen zu können und halte mich an meinem Geschenk fest, das mir nun sonderbar einfallslos und unpassend erscheint. Es ist ein hochwertiger, schön gerahmter Druck von Caravaggios »Berufung des Heiligen Matthäus«. Das Original haben wir einst in der Kirche San Luigi dei Francesi in Rom gesehen. Lange haben wir vor dem riesigen Gemälde verweilt, immer wieder hast du eine Münze in den dafür vorgesehenen Schlitz geworfen, damit das Gemälde wieder zu leuchten begann. Ich könnte einen Essay darüber schreiben, wir sehr uns dieses Rufen der meisterhaften Lichtführung Caravaggios, die Intensität seiner Figuren bewegt hat. Und natürlich hatten wir lange und immer wieder darüber geredet, welcher von den am Tisch sitzenden Männern der Zöllner Matthäus gewesen ist. Der junge Mann ganz links, der mit schamroten Kopf auf seine Münzen schaut, nicht gemeint sein will? Oder der ältere Mann mit Bart und Hut, der ungläubig auf sich oder wen auch immer zu zeigen scheint?

Auf einmal stehe ich vor Karl, er scheint sich in einer Art von euphorisiertem Traumzustand zu befinden, auf einer Welle aus Freude und Liebe zu schwimmen. Selig lächelnd blickt er mir entgegen. Auf irgendwelchen Bildern muss er mich gesehen haben, denn ich bemerke, er erkennt mich, und ein Schatten huscht über sein Gesicht; doch schnell hat er sich wieder in der Hand und reicht mir dieselbe.

»Hallo, du musst Jonas sein! Schön, dass du kommen konntest. Ich habe schon viel über dich gehört!«

Auch ich lächle und schüttele seine Hand ein wenig zu lange, denke : ‚Ich wünschte, ich könnte dasselbe von Dir behaupten', bedanke mich artig für die Einladung und wünsche Glück und Segen für die Zukunft. Routiniert entwindet er das verpackte Gemälde meinem Arm, dreht sich um und stellt es auf den Gabentisch; in einer Flut aus bunt verhüllten Päckchen, überdimensionalen

Schleifen, riesigen Blumensträußen und glänzenden Folien droht sein Untergang.

Dann wendet sich Karl Jeremias zu und unser kurzes und wohl auch einziges Gespräch scheint beendet zu sein, und ich stehe ein wenig verloren zwischen dir und ihm herum, denn du bist mit dem Gast, der in der Reihe vor mir steht, beschäftigt – es ist, natürlich, die Dame mit Hut.

Gleich werde ich dich berühren, dich sprechen und die Vertrautheit deiner Hände spüren, die Wärme deiner Augen, all das Knistern um dich herum. Wieder und wieder umhalst dich die nun erneut schluchzende Person; du versinkst in ihren vor Rührung wallenden Sommerblüten und lässt es duldsam mit dir geschehen. Schließlich fällt dein Blick auf mich und freundlich nimmst du die beringten Hände mit den grellroten Sichelfingernägeln von deiner Schulter, bedankst dich noch einmal bei ihr und wendest dich mir zu, öffnest deine Arme und …

… ich kann nicht anders, falle hinein, drücke deinen immer noch muskulösen Körper an den meinen, bedecke dich mit Küssen, ohne Scham, ergreife deine Hand und wir laufen einfach nach draußen, in den Sonnenschein, lassen die Hochzeit Hochzeit sein, rennen weiter und weiter … leben glücklich bis zu unserem Lebensende in einem malerischen Haus an einem einsamen See und erfreuen uns noch viele Jahre und Jahrzehnte an unserem Glück.

In Wirklichkeit schaust du mich erst einmal an, deine linke Augenbraue fragend hochgezogen – nur ganz leicht, trotzdem bemerke ich es. Der Ausdruck deiner Augen wechselt von Sekunde zu Sekunde, Freude, Schüchternheit, Verunsicherung, Skepsis, Zorn, gar Liebe?

Wir reichen uns die Hände, die meine stark zitternd. Unsere Berührung lässt mich zusammenzucken und ich flüstere heiser »Herzlichen Glückwunsch« und du legst deine Hand an meinen Nacken, ziehst mich zu dir hin, aber nur unsere Wangen berühren sich ganz kurz – während unsere fragenden Körper zurückweichen. Ich erspüre das Zündeln unserer Seelen, wie früher, und wie schön, wunderschön das ist.

Doch könnten sie noch miteinander verschmelzen?

Von Herzen möchte ich dir Gottes Segen wünschen, Worte finden, die meinem Fühlen angemessen sind, doch kann ich nur blöd und stumm auf das im Geschenkeozean versunkene Gemälde deuten und keinen Ton hervorbringen.

»Wir reden nachher ein bisschen!«, sagst du und mit einem leichten Nicken klopfst du mir auf die Schulter, aufmunternd, beschließend – und ich bin entlassen, weiche zurück und weiß nicht wohin.

Glücklicherweise wird mir ein Tablett voller Sektflöten unter die Nase gehalten, ich ergreife eines der bis zum Rand gefüllten Gläser und trinke es begierig aus. Jeremias gesellt sich zu mir und wir plaudern über Köln und über unsere Pfarreien.

»Was ist, wenn dein Bischof hiervon erfährt?«, frage ich ihn.

»Wie soll er das erfahren?«, fragt er mich zurück. »Ist Alexander hier?«

Wir lachen.

So nimmt die Feier ihren Lauf. Ich kann nur wenig von dem wohl köstlichen Festmahl und den erlesenen Weinen zu mir nehmen, lache gezwungen zu den neckischen Darbietungen, die mich bei jeder Hochzeit nerven, lausche den anspielungsreichen Reden und bemühe mich, meine Blicke nicht zu oft auf dir ruhen zu lassen. Schließlich wird ausgelassen getanzt und ich bin doch überrascht von dem Anblick miteinander tanzender Herren in Walzer-Haltung, das muss ich zugeben, ich bewundere ihre Offenheit und Selbstverständlichkeit, aber ich bin nicht soweit, und ich lehne ab, als René mich auffordert.

Zu erkennen, wie heftig Seele, Geist und Körper auf deinen Anblick, deine Berührung, auf den Klang deiner Stimme reagieren – das hat mich in meiner einsamen Einfältigkeit überrascht und ich weiß nicht recht, wie ich mit all dem umgehen soll.

Irgendwann wird mir die Luft zu stickig und ich gehe nach draußen. Nachmittag ist es inzwischen geworden und die Sonne scheint eigentümlich verhangen in den duftenden und zirpenden

Pfarrgarten. Aus dem Gemeindehaus erklingen die Musik übertönendes Gelächter, Kölscher Gesang, Gläser- und Geschirrgeklirr. Ich fühle mich unwohl in meinem Anzug, setze mich auf eine Bank und zünde mir eine Zigarette an.

Als ich mich wieder erheben und in den Saal zurückkehren will, trittst du vor die Tür. Du erblickst mich und kommst gemäßigten Schrittes zu der Bank gelaufen, setzt dich mit einem – wohl angemessenen – Abstand zu mir. Wir sehen uns nicht in die Augen und noch nie habe ich mich dir so fern gefühlt wie in diesem Moment. Du zündest dir ebenfalls eine Zigarette an und wir beide rauchen schweigend.

Ich müsste es beklemmend finden und tue es kaum.

Schließlich öffne ich meinen Mund, aber es kommen keine Worte heraus.

»Irgendwie haben wir es mit Bänken, nicht wahr?«, fragst du schließlich und ich lache laut und unnatürlich auf, verschlucke mich und muss husten.

»Christian, mir tut das alles so unsagbar leid. Ich habe mich wie ein Schwein benommen.«

»Das ist ein wenig krass formuliert«, sagst du mit einem leichten Lächeln, das deine geschwungenen Mundwinkel umspielt. »Ich weiß, du konntest damals nicht anders handeln. Es gab und gibt keinen Ausweg für berufene, schwule Menschen, die sich lieben.

Im Nachhinein bin ich sogar dankbar für das Geschehene, denn sonst ...«

»Ich liebe dich, immer noch«, unterbreche ich dich und bereue es im selben Augenblick.

Es verschlägt dir die Sprache. Wir schweigen beide, während ich vor Scham über meine Unbeherrschtheit zu glühen beginne.

»Ist das nicht ein etwas unpassender Zeitpunkt, um mir das mitzuteilen?« Mit Schwung wirfst du deine Zigarette auf den ockerfarbenen Kies. »Entschuldige mal, ich kenne dich gut, vielleicht zu gut, aber das hat es damals und in den vergangenen Jahren nicht einfacher für mich gemacht. Und jetzt sagst du mir sowas, ausgerechnet jetzt!«

»Was hätte ich denn tun sollen?«

»Keine Ahnung! Es ist ja auch alles geschehen und man kann auf Führung und Sinn vertrauen; das tun wir ja. Ich ...«

»Was denn?«, frage ich.

»Nichts!«, entgegnest du. »Es ist sinnlos, Dinge auszusprechen, wenn der Zug der Zeit schon an der dafür bestimmten Station vorbeigefahren ist.«

Nie habe ich es erlebt, dass vor einem anderen Menschen Schmerz so unkontrolliert aus mir herausspringt, Tränen sich hervorquälen, ohne dass ich sie zurückhalten kann.

Ich sage »Geh!« zu dir und wende mich ab, denn du sollst das alles nicht sehen müssen, es ist schon zuviel gesagt worden, viel zu viel, und dies ist dein Tag, nicht der meine und schon gar nicht der unsere.

Du packst mich an den Schultern, drehst mich um zu dir, siehst mir prüfend in die Augen und ich wehre mich nicht mehr. Dann nimmst du mich am Arm:

»Komm, ich muss dir was zeigen!«

Karl der Käfer kommt aus dem Gemeindesaal gekrabbelt, pardon, gelaufen, du gibst ihm ein Zeichen und er bleibt stehen und schaut uns nach. Ich bin zu erschöpft, um irgendeinen Schein zu wahren.

Und du führst mich in die Kirche zurück. Von links, neben dem Eingangsportal, schimmert uns etwas leicht golden im Licht der untergehenden Sonne entgegen. Ich schaue genauer hin und sehe eine Skulpturengruppe, die mich in ihrer Zartheit sofort tief anrührt und die mir während des Gottesdienstes überhaupt nicht aufgefallen war. Langsam bewegen wir uns auf die beiden Figuren zu.

»Ist das nicht wunderschön?«, fragst du leise und drückst mich sanft in einen der Stühle vor den Skulpturen und setzt dich neben mich, ergreifst meine Hand.

»Du hast damals eine Entscheidung getroffen und die war richtig und wird schlussendlich gut für dich sein, darauf kannst du, nein, darauf musst du vertrauen. Du hast dich auf deine Art der Nachfolge eingelassen und das hat viel Mut erfordert. Und du wirst die Kraft bekommen, deinen Weg weiterzugehen, irgendwie. Davon bin ich zutiefst überzeugt, denn ich kenne dich. Du hast das in dir!«

Ich nicke, zweifle, und beginne, mich in den Anblick von Jesus Christus und Johannes, seinem Lieblingsjünger und Evangelisten, zu vertiefen:

Beide aus einem toten Eichenstamm heraus erschaffenen Figuren scheinen auf milde Weise zwar eigenständig zu existieren, aber doch miteinander verschmolzen zu sein, so eng beisammen sitzen sie auf einer kleinen Bank.

Jesus – göttliche, erlösende Güte und Verstehen in seinen schönen Zügen – hat seinen Kopf leicht zu seinem Jünger hingeneigt. Sein Blick, gleichzeitig nach Innen und Außen gekehrt, offenbart dem Johannes seine tief verstehende Innerlichkeit und Geborgenheit; er strahlt Würde und Stärke und Milde aus.

Johannes, mit dem ich eins werde, hat seinen Kopf mit geschlossenen Augen vertrauensvoll an Jesu Schulter gelehnt. Alles an ihm hinstrebend und hinatmend zu Christus, trotzdem verliert er seine Eigenständigkeit nicht. Seine rechte Hand wird von der Halt gebenden rechten Hand Christi, die zum Himmel hin geöffnet ist, getragen. Diese beiden Hände liegen ineinander wie zwei Hälften, die ein Ganzes darstellen, der Daumen des einen in die Daumenbeuge des anderen geschoben und geborgen.

Mit zärtlicher und beschützender Geste hat Jesus seinen linken Arm um die Schultern des Johannes gelegt, dem einzigen Jünger, der bis zum Kreuzestod treu an seiner Seite ausharrte. Ihre roten Mäntel fließen zusammen, wirken auf den Betrachter wie eine einzige Schärpe, eine seelische Vereinigung mit Gott, den Zustand höchster Gnade.

Der Jünger übergibt sein ganzes Sein dem menschgewordenen Gottessohn und wird so wiederum mit dessen Selbsthingabe beschenkt ...

Gestärkt und erneut gebunden erwache ich wie aus einer ruhigen Ekstase.

Mein rollender Fels wurde aufgehalten.

Blutrot leuchten die allerletzten Strahlen der untergehenden Sonne durch die Kirchenfenster.

Irgendwann musst du gegangen sein, aber immer noch spüre ich deine lichten Schatten.

Ich stehe auf und gehe hinaus zu Musik und Tanz, die mich nichts angehen.

Ich werde es schon schaffen.

Die Eisermann Media GmbH

Für mehr Lesevergnügen!

Eisermann Verlag

www.eisermann-verlag.com

XOXO Verlag

www.xoxo-verlag.com